LAMEKIS

OU

LES VOYAGES

EXTRAORDINAIRES

D'UN EGYPTIEN.

Dans la Terre intérieure,

AVEC

La découverte de l'isle des Silphides.

Par M. le Chevalier DE MOUHY.

A PARIS,

Chez Louis Dupuis, rue S. Jacques,
près la Fontaine S. Severin, à la
Fontaine d'or.

MDCCXXXV.

Avec Approbation & Privilege du Roy.

A

MADEMOISELLE
MADEMOISELLE
DE ***

ADEMOISELLE,

Je vous ai promis il y a long-rems, que je vous dé-

dierois un Ouvrage ; vous en avez badiné. Vous avez crû que cela étoit forti de ma mémoire, & vous avez eu tort ; parce qu'on ne peut vous connoître fans vous aimer, & qu'on n'oublie pas ce qu'on aime. Que cette déclaration ne vous fâche point ; mon amour eft purement fpirituel, & il ne peut offenfer. Je pouvois, il eft vrai, me fervir du terme de l'amitié ; mais il n'auroit pas affez exprimé, & je fuis du goût de ce qui eft énergique. Chacun a fa façon d'aimer fes amis : la mienne eft apparemment plus vive que celle des autres.

EPITRE.

Quoiqu'il en soit, j'ai l'honneur de vous offrir Lamekis. Si j'avois pû le rendre plus parfait, vous ne devez pas douter que je n'y eusse mis tous mes soins. Je connois votre délicatesse ; mais lorsqu'on fait ce qu'on peut, l'on n'a rien à se reprocher. Vous avez un caractere de bonté qui me rassûre, & qui me donne beaucoup d'espérance sur la façon dont vous recevrez ce petit hommage. Je conviendrai même, si vous voulez, de sa foiblesse ; mais je soutiendrai avec fierté, que mes sentimens pour vous sont parfaits au-dessus de toutes les expreſſions. J'ai l'honneur d'être avec une conſidération diſtinguée,

MADEMOISELLE,

Votre très-humble & très-obéiſſant ſerviteur, Le Chevalier de MOUHY.

PREFACE.

EN revenant d'un long voyage où mes affaires m'avoient obligé de garder l'*incognito*, je fis connoissance en chemin avec un Arménien qui venoit s'établir à Paris. Je trouvai dans sa conversation de quoi me dédommager bien agréablement de l'ennui du voyage, & je ne souhaitai plus avec tant d'ardeur d'arriver.

Un soir qu'il faisoit un

A iiij

beau clair de lune, nous
fumes nous promener fur
les bords d'une riviere
qui arrofoit le village où
nous étions : la chaleur
qu'il faifoit, nous enga-
geaà pafer une partie de
la nuit à caufer ; & c'eft
de cette nuit que l'Ou-
vrage que je donne au
Public, a été ébauché.
L'Arménien étoit dans
l'entoufiafme des beautés
de la nature, & il me con-
ta fur ce fujet un nombre
infini d'hiftoires ; celle de
Lamekis me frappa ; je la
lui fis répeter, & chaque
jour j'en prenois des no-

tes ; au bout du voyage je
me trouvai de la matiere
pour trois parties.

C'eſt au Public à juger
ſi je me ſuis trompé , lorſque j'ai penſé que ces fictions l'amuſeroient ; elles
ſont ſi neuves , & les parties qui ſuivent celle-ci ,
ſont remplies d'événe-
mens ſi ſinguliers & ſi extraordinaires , que j'oſe
me flâter qu'il ne me ſçau-
ra point mauvais gré de les
avoir mis au jour.

Il me reſte à répondre
ici à l'inquiétude de pluſieurs perſonnes , qui ré-
pandent qu'il n'eſt pas poſ-

fible que je puiffe ache-
ver tous les Ouvrages qui
paroiffent fous mon nom,
& qu'il feroit plus na-
turel , & même plus
convenable que je m'at-
tachaffe à les finir, qu'à
donner de nouvelles pro-
ductions. Je répons au Public de ma vigilance & de
mon exactitude à le fa-
tisfaire , & du foin que je
prendrai toujours de lui
être agréable, ne trouvant
rien de plus flateur pour
moi , que de pouvoir y
parvenir.

LAMEKIS

OU

LES VOYAGES

EXTRAORDINAIRES

D'UN EGYPTIEN.

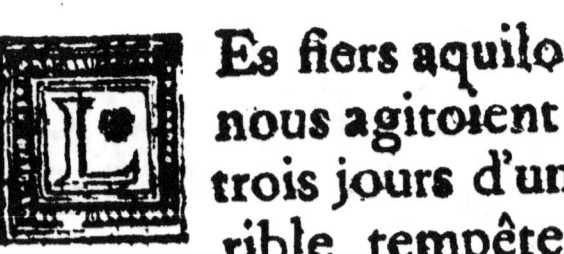 Es fiers aquilons qui nous agitoient depuis trois jours d'une horrible tempête , qui nous avoient mis à deux doigts du trépas, par le defordre que leurs coups impétueux avoient jetté dans nos voiles , ayant tout d'un coup ceffés, la mer redevint peu à peu plus tranquille , & les ondes qui par

leur choc fembloient à tout moment vouloir brifer notre vaiffeau, commençant à diminuer, nous reprîmes le courage que l'incertitude de notre fort nous avoit ôté. L'on fit un facrifice fur le tillac au Dieu Serapis, & le navire fut arrofé d'une liqueur précieufe, pour le purifier de l'impureté de nos larmes. Chacun fe félicitoit d'avoir échappé à une mort qui fembloit inévitable. La frayeur du danger qui nous avoit ôté jufqu'aux foins naturels de donner au corps fa fubfiftance, s'étant diffipée, on courut aux vivres & à la liqueur qui charme les ennuis. Le préfent fit oublier les horreurs du paffé : l'on ne goûte jamais avec tant de volupté le plaifir, que lorfqu'il a été précédé de peines. Tout l'équipage en fit l'expé-

rience, & il n'y eut pas jufqu'aux pilotes qui après un repas où Bacchus préfida , ne
fe laiffaffent aller aux charmes
d'un profond fommeil.

Il n'y eut que moi qui ne
m'abandonnai point , ni à la
débauche, ni au repos. Après
avoir pris une légere nourriture , je fus m'affeoir fur la poupe,
& de-là je promenai mes yeux
fur l'efpace immenfe de la mer,
en faifant des réfléxions cruel-
les fur la rigueur du fort qui me
perfécutoit. J'étois plongé dans
ces triftes penfées , lorfque j'en
fus tiré par Sinouïs : que vois-je,
me dit-il ? Lamekis répand des
larmes, & j'en ignore le fujet !
La grandeur de fon ame n'eft
point fufceptible des frayeurs
de la mort ; elle eft trop haute
pour s'abbaiffer à des mouvemens fi bas. O Lamekis! mon

amitié pour vous ne pourra-
t'elle jamais pénétrer dans le
fond de votre cœur ? Réliste-
rez-vous toujours à mes tendres
empressemens ? Depuis que je
vous suis attaché, & que votre
mélancolie a percé à travers votre politique, je n'ai pû parvenir au témoignage précieux de
votre confiance. Si mon zélé
vous est cher, apprenez - moi
vos secrets ; quels qu'ils soient,
ils seront déposés dans le sein
d'un ami, non-seulement dis-
cret & compatissant, mais encore disposé à perdre le jour
pour vous donner des preuves
de sa vivacité. O Sinouïs ! qu'o-
fez - vous exiger, repris - je en
soupirant ? Comment vous faire le détail d'une vie si extraordinaire ! Ne craindriez - vous
point que je ne vous fisse par-
tager l'infortune qui me suit ?

Non, non, continua ce véritable ami, rien ne pourra jamais me détacher de vous; c'eſt en ſuivant votre deſtinée, que je veux vous prouver la ſolidité de mes ſentimens. On ne connoît à fond les amis, que dans l'adverſité ; & l'on ne doit compter ſur les aſſûrances qu'ils nous donnent de leurs empreſſemens, que lorſqu'ils ont été épurés par le feu de l'infortune, Il ajoûta encore pluſieurs choſes ſemblables, & j'en fus touché au point que je ne pus me refuſer à ſon empreſſement. Je l'aſſûrai à mon tour du cas que je faiſois de ſon zéle ; & pour lui en donner des preuves ſingulieres, je commençai ainſi l'hiſtoire de ma vie.

Lamekis mon pere étoit grand Prêtre du Dieu qu'on adore en Egypte. Sa probité, ſa religion

& sa charité le rendoient vénérable à tous les peuples; la majesté qui regnoit dans toutes ses actions, sembloit, si on ose le dire, être l'image de la divinité qu'on adoroit dans le temple. Lorsqu'il prononçoit des oracles, ils étoient articulés avec des sons si respectables, qu'ils causoient dans les cœurs les plus saintes émotions. La vénération qu'on avoit pour ce ministre, l'avoit rendu presque aussi puissant dans l'état, que Semiramis qui étoit alors sur le trône. Cette Princesse faisoit de mon pere un cas extrême, & rien ne se décidoit dans ses conseils, qu'il n'y eût été appellé.

Elle l'envoya chercher un jour, & elle le fit passer dans son cabinet; c'étoit la premiere fois qu'elle s'étoit trouvée

seule avec lui. Il y avoit long-
tems qu'elle avoit fait attention
à sa figure, & la sagesse de ses
conseils avoit moins causé d'impression dans son ame, que la
majesté de son visage. Lamekis, lui dit-elle, je connois les
loix du temple intérieur ; mais
ma façon de penser, est au-dessus des craintes vulgaires. Il y
a plusieurs années que je désire
d'être initiée aux mysteres de
Serapis ; il faut me satisfaire :
ce seroit en vain que vous com-
batteriez ma résolution ; je veux
qu'on m'ouvre l'entrée des Catacombes mystiques : je suis
Reine, & je ne reconnois dans
les lieux où je commande, que
ma souveraine puissance. O
Princesse ! s'écria le grand Prêtre, que me demandez-vous ?
Et sçavez-vous à quel prix vous
pourriez l'obtenir ?.... N'im-

B

porte, reprit cette Reine impé-
tueuſe, dans trois jours je veux
être obéie ; je vous attens de-
main pour me préparer à vos
uſages. Allez, ne me repliquez
pas, & penſez qu'il faut que
Semiramis ſoit bien prévenue
en votre faveur, pour vous honorer d'une telle grace.

Le grand Prêtre fut troublé
de cet ordre ; il connoiſſoit la
fureur de cette Princeſſe, lorſqu'elle trouvoit de l'obſtacle à
ſes deſirs ; ſon Prédeceſſeur
avoit ſervi de pâture au (*a*)
Leopard ſacré, pour lui avoir
refuſé d'être admiſe à la fête de
(*b*) la corne d'or. Il eſt vrai

(*a*) Le Leopard étoit en grande vénération ; il avoit voyagé avec le bœuf
Apis, & l'avoit préſervé d'un danger. Il
étoit renfermé dans une Catacombe, &
on le nourriſſoit du corps des criminels.

(*b*) Cette fête myſtérieuſe ſe faiſoit
le premier du mois Cubai ou de May.

que fatisfaite de la vengeance qu'elle avoit tirée de l'obftacle qu'il avoit mis à fon empreffe- ment, elle ne troubla point de fa préfence les myfteres ; ou peut-être auffi qu'étant inftruite des murmures que cette mort caufoit, elle ne voulut pas les augmenter, & les rendre par fon obftination redoutables ; mais il n'étoit pas moins certain que fa puiffance étoit montée à fon dernier période, & que rien ne pouvoit la contrebalancer.

Le grand Prêtre interdi & troublé recourut dans cet em- barras extrème à la divinité dont il étoit le miniftre chéri, il l'invoqua ; mais quelle fut fa furprife, de la trouver four- de à fa voix ! O Ciel, s'écria- t-il, Apis refufe donc à fon ef- clave fes ordres éternels ! Que dois-je faire ? Ouvrirai - je le (*a*) flanc fatal ? O Reine ! que demandez - vous ? Et vous, ô Dieu que je fers depuis fi long-tems, votre filence approuve ou défaprouve-t-il un ordre fi contraire aux loix de ce Temple ? Semiramis repréfente votre pouvoir fuprême, elle en eft l'image ; mais peut-elle s'en prévaloir jufques dans votre fanctuaire ? Il dit, & le fimulacre infléxible ne fe manifeftant par aucun figne, il ouvre fon flanc refpectable, il en tire la clef d'or ; il defcend dans le Catacombe, où l'on entretient le feu éternel. La flâme qui s'éleve ordinairement à fon afpect, demeure tranquille ; il en eft interdit ; il voudroit bien parler au miniftre du culte divin qui releve de fon autorité,

(*a*) Dans le ventre du fimulacre étoit renfermée la clef du fouterrain.

mais la loi d'un silence im-
posé depuis la création des
mysteres ne le lui permet pas.
Il gémit intérieurement ; les
Prêtres étonnés de sa venue ,
frémissent du péril qui les menace ; ils sçavent que leur chef
ne doit descendre dans les Catacombes , qu'accompagné du
Roi pour son Sacre seulement ,
& qu'il n'y doit paroître (hors
ce que l'on vient de dire) sans
qu'une révolution d'état , ou
quelqu'événement extraordinaire n'en soit la cause. Lamekis se prosterne devant le Tré-
pied sacré ; il se purifie par le
feu ; sa confiance & sa fermeté
renaissent. Il remonte dans le
Temple supérieur , prévenu de
la résolution de soutenir la dé-
cence des mysteres , il passe la
nuit au pied de l'autel. Les
voûtes tremblent au point du

jour; le tonnerre gronde; le Simulacre gémit; les cornes du bœuf divin noircissent, & de sa bouche respectable sortent distinctement ces mots : Semiramis est Reine, & tu es son sujet.

Lamekis accoutumé d'expliquer les oracles, fut embarrassé de trouver le sens de celui-ci. Il passa le reste du jour à pénétrer la volonté souveraine; il lui sembla qu'elle se déclaroit en lui représentant d'un côté l'autorité souveraine, & de l'autre l'obéissance d'un sujet. Il adora la divinité, la pria de l'inspirer, & rempli d'une consolation intérieure, il fut se présenter à Semiramis.

Eh bien! lui dit-elle dès qu'elle le vit, les Serapides sont-elles ouvertes, & pénétrerai-je enfin dans le sein des myſteres ? Semiramis eſt Reine : Lamekis eſt ſon ſujet, reprit le grand Prêtre, il eſt fait pour lui obéir ; mais il doit lui annoncer, & lui faire craindre les effets d'une trop dangereuſe curioſi-té. A h ! Madame, continua-t-il, ſurmontez un deſir , qui ne peut être ſuivi que des plus grands malheurs. Quels périls n'allez-vous pas courir ? Vos jours ſont trop précieux pour que je ne faſſe pas tous mes efforts pour vous en diſſuader. Permettez que je vous les expoſe ; j'aurai fait mon devoir , & vous ſerez enſuite la maîtreſſe d'ordonner de votre ſort & du mien.

Serapis eſt le plus grand des Dieux : c'eſt à lui que nous ſommes redevables de la création de l'Univers & de la nôtre ; d'un ſouffle il peut anéantir tout ce qui a vie, & d'un ſouffle il peut le ranimer. Avant que les Egyptiens fuffent éclairés des lumieres qu'il leur a bien voulu communiquer, ils étoient dans une monftrueufe ignorance; la nature groffiere faifoit toutes leurs loix; ils fe dévoroient les uns les autres. Serapis du haut de fon trône éternel eut compaffion de leur aveuglement; il réfolut de les rendre ce qu'ils font aujourd'hui; mais il voulut mettre à l'épreuve leur cœur féroce, & connoître s'ils étoient dignes des faveurs qu'il leur réfervoit. Il prit la forme d'un bœuf, inconnue par eux jufqu'alors: il parut un jour au milieu d'une prairie émaillée de mille fleurs, & il fe mit à paître devant le peuple affemblé à l'occafion d'une fête qu'il faifoit pour une victoire remportée fur des ennemis voifins, célébrée

brée en mangeant leur prifon-
nier. C'étoit, felon l'accueil que
Serapis recevroit de ce peuple
barbare, qu'il devoit le com-
bler de biens, ou l'exterminer
entiérement.

Les Egyptiens étonnés à
l'afpect nouveau qui fe préfen-
toit à leurs yeux, jetterent des
cris d'étonnement & de joye ;
ils coururent en foule vers le
bœuf facré. Sa préfence leur
infpira le refpect & l'amour ; ils
fe prirent par les mains, & firent des danfes en rond en fon
honneur ; d'autres animés par
un zéle indifcret, & qui agiffoit malgré eux dans leurs
cœurs groffiers, coururent
chercher des membres de leurs
prifonniers découpés ; & les
préfenterent au Dieu: il eut horreur de ces prefens, & mugit
avec tant de force, que le peu-

C

ple en fut effrayé. Le Ciel se couvrit, les éclairs parurent, & l'émisphere devint tout en feu. Le bœuf divin s'éleva dans les nues, & disparut en prononçant ces paroles, précédées & suivies d'un tonnerre furieux.

» Serapis veut bien habiter » avec les Egyptiens. Qu'ils lui » dreſſent un temple; mais il ne » veut point de sacrifice du sang » humain.

Le peuple étonné de ce prodige, applaudit à l'oracle par mille signes d'allégreſſe. Dans le même inſtant paroît un homme reſpectable au milieu de la foule: c'eſt Serapis lui-même, revêtu d'une figure humaine; il montre un plan aux Egyptiens; il se met à leur tête, & conſtruit un temple qui ſubſiſte encore aujourd'hui.

Voilà, grande Reine, continua Lamekis, l'époque célebre de la conſtruction du temple ; il ſe réſerva celle du ſouterrain myſtique , bâti de ſa main. Il dépoſa dans une des Catacombes le grand livre , dans lequel ſont écrites ſes loix, où il eſt dit que le feu éternel ſera entretenu par des hommes purs, nés dans le ſouterrain , où pour conſerver l'eſpece humaine , & le peupler comme aujourd'hui , deux miniſtres prépoſés à ſon culte, (a) & trois vierges pures y ſeroient deſcendues & dépoſées entre les mains du plus ancien.

Les enfans mâles ſont deſti-

(a) Lorſque le ſouterrain fut conſtruit, Larmis premier miniſtre du Dieu choiſit trois des plus belles filles de la Capitale , qu'il demanda au nom de Serapis. On fit une aſſemblée générale ; & on attacha un tel honneur à ce choix, que les perſonnes de ce ſexe ſe diſputerent à l'envi à qui ſeroit préférée.

nés à la garde du brazier ; & les filles qui ne peuvent être jamais qu'au nombre de trois, sont enfermées dans la Catacombe (*a*) Vestasia, sous la direction du plus ancien des Prêtres , qui les remettent au premier de la lune du (*b*) Kail aux ministres destinés à l'usage des mysteres, qui doivent après la cérémonie les conduire à l'Okoukais ou médecin du souterrain, qui est attentif lorsqu'elles conçoivent, de purifier leur fruit

Mais il est dit par les mêmes loix, que le culte demeurera secret , & que nul mortel ne descendra dans les caveaux mystiques , excepté le Roi , une fois seulement à son avenement à la couronne , pour être

_____

(*a*) Pure , ou sans tache.

(*b*) Mois de Mars.

touché du feu divin ; qu'il sera conduit par le grand Prêtre, & que tout autre qui y pénétreroit, de quelque façon qu'on puisse imaginer, seroit jetté dans le puits (a) d'Assoa. Moi, Princesse, qui vous parle, je n'ai le droit d'y entrer que trois fois pendant le cours de mon ministere ; Serapis & vous me préservent de la troisiéme, car c'est pour y rester éternellement. O Reine ! il est inutile de feindre, si vous ne vous rendez pas au sage avis que mon zéle vous dicte, vous ne reverrez jamais la lumiere du jour.

Semiramis frémit à ce discours, qui fut prononcé avec une telle majesté, qu'il sembloit en ce moment que le Dieu

(a) Au fond duquel étoit le Leopard sacré.

parloit par sa bouche. Elle se mit à rêver quelques instans ; mais son cœur prévenu la mettant au - dessus de toutes les frayeurs , ah ! s'écria-t'elle en soupirant , qu'importe que je périsse , pourvû que ce soit avec ce que j'aime ! Oui , Lamekis , continua-t'elle , le voyant reculer de deux pas à cette déclaration , je vous aime , j'y suis entraîné par une puissance invincible ; le diadême n'a pû préserver mon cœur des foiblesses de l'amour ; en vain j'ai combattu ma pressante flâme ; rien ne sera jamais capable de l'éteindre. Mon seul espoir est d'invoquer Apis dans le sein de ses mystères ; là je trouverai ma guérison ou le soulagement à mes peines : en vain m'épouvantez vous , & vous opposez-vous à mes desirs ; il faut me

fuivre dans les caves facrées, &
enfevelir dans leur filence ma
paffion & ma honte. Allez ,
continua-t'elle , ne voulant pas
lui donner le tems de répondre,
au lever du foleil vous me verrez à la porte du temple ; &
fouvenez-vous , fi vous me ré-
fiftez , que je le détruirai de
fond en comble.

Lamekis voulut encore ufer
de toute l'éloquence dont il
étoit capable , pour faire reve-
vir cette Princeffe violente ; fes
raifons furent inutiles , accou-
tumée à n'avoir de loix que fa
feule volonté. La réfiftance la
rendit plus ardente , & rien ne
put changer fes dernieres dif-
pofitions.

Le grand Prêtre fe retira avec
une douleur intérieure , qui lui
fut d'un mauvais augure. Après
s'être purifié , il rentra dans le

temple, & il paſſa le reſte du jour & la nuit ſuivante, proſterné aux pieds du Simulacre qu'il arroſoit de ſes larmes.

A peine le ſoleil doroit de ſes rayons brillans les voûtes azurées du temple, que le bruit des inſtrumens vint frapper les oreilles de Lamekis. La fatigue & l'ennui l'avoient aſſoupi; il ſe réveilla en ſurſaut, & il ne connut que trop qu'ils annonçoient la venue de la Reine. Elle entra ſeule dans le temple; & après s'être proſternée, elle s'avança à la porte du ſanctuaire. Lamekis lui renouvella ſes ſages avis, & lui repréſenta qu'il étoit encore tems de revenir d'un pareil deſſein. La réſolution en étoit priſe ; elle étoit ceinte du diadême, & la beauté & la majeſté jointes enſemble donnoient à ſes ordres un air si absolu, qu'il étoit impossible d'y résister. Le sanctuaire fut ouvert, & il lui présenta respectueusement un bandeau qui servoit aux Rois à la cérémonie de leur Sacre, & qui leur couvrant les yeux, leur ôtoit la connoissance de l'entrée mystérieuse des Catacombes. Semiramis se laissa voiler. Je me remets, lui dit-elle, entre vos mains : je serois la maîtresse de prendre toutes les sûretés convenables au péril que vous m'avez annoncé ; mais je connois votre probité & votre respect pour le sang de vos Rois. J'ai sçû distinguer dans le détail que vous m'avez rendu, le langage de votre ministere, & l'idée que vous devez avoir de ma puissance ; mais tremblez, Lamekis, si vous mésusez de mes bontés. J'ai donné des or-

dres qui feront fidellement éxé-
cutés ; & fi je ne reparois pas
dans trois heures à la vûe de
mes Gardes & de mon peuple,
le temple fera fappé jufques
dans fes fondemens, & l'on
vengera par la ruine entiere de
ceux qui l'habitent, les atten-
tats qu'on auroit ofé faire à celle
qui commande en ces lieux.

La fermeté de la Reine fur-
prit le grand Prêtre : il s'étoit
toujours flaté que les craintes
qu'il avoit tâché de lui donner,
balanceroient un defir fi contraire aux Statuts. On n'avoit
point d'exemple, que les loix
qu'il avoit expofées, euffent été
jamais enfreintes ; & la peine
qui condamnoit à mort ceux
qui les tranfgrefferoient, ne devoit pas comprendre fans doute le Souverain. D'un autre côté, la même peine étoit infligée

pour le grand Prêtre ; parce qu'étant feul le maître fecret des entrées, les myfteres ne pouvoient être profanés fans qu'il fût complice de cet attentat.

Lamekis avoit été fi furpris des dernieres paroles de la Reine, qu'il en étoit refté immobile ; il fe jetta enfuite à fes genoux, & lui parla en ces termes : Puifque vous voulez, ô Reine, être abfolument obéie, il faut que vous foyez prévenue fur la conduite que vous devez tenir pour éviter une mort infaillible. L'efprit qui anime les hommes qu'elle va honorer de fa préfence, differe de toutes les façons des fentimens ordinaires : nés dans le fein de la terre & dans celui de l'ignorance, ils ne connoiffent que Serapis & fes loix. Je ferai le premier en proye à leur fureur, si je leur donne lieu de se persuader que j'ai péché contre ses regles éternelles. Semblables aux habitans des bois, ils en ont la brutalité ; & j'aurois beau leur étaler votre supériorité & la force du diadême, le respect & la sujétion, le droit que vous avez vous-même sur leur vie, rien ne les calmeroit ; le préjugé & la loi l'emporteroient, & nous serions l'un & l'autre la victime de leur emportement.

Je dis donc, ô grande Princesse, que pour mettre à couvert vos jours précieux, il faut que vous soyez revêtue du manteau & des ajustemens que nos Rois portent à leur initiation, lorsqu'ils descendent dans les Catacombes mystiques, où ils séjournent un tour de soleil ; par ce moyen les ministres du Dieu

que nous révérons, peu inftruits
de ce qui fe paffe au - deffus
d'eux, vous prendront pour leur
maître, & ne feront aucune autre attention.

Ce raifonnement étoit trop
jufte, pour qu'il ne fît pas impreffion. La Reine confentit à
la métamorphofe, & fes ordres
furent révoqués par elle au fujet
du tems fixé de fon retour.

Ces chofes étant faites, le
grand Prêtre ouvrit la trape fecrette; il marcha devant la Reine, un flambeau à la main;
elle fut obligée de fe repofer
plufieurs fois; le nombre des
degrés, qui alloit déja à près de
deux mille, commençoit à l'ef-
frayer; elle crut defcendre dans
l'empire des morts. Cependant
elle ne fit ces réfléxions qu'intérieurement : plus elle avoit
trouvé de difficulté, & plus fa

curiosité en étoit piquée. Un corridor aboutissoit à la derniere marche qui donnoit entrée à une grande gallerie, illuminée de distance en distance par des lampes qui ne s'éteignoient jamais. Le mur étoit revêtu de marbre avec des hieroglifes représentans les mysteres de Serapis. Cette vaste salle avoit plus de cent toises de long, & se terminoit par un portique, après lequel paroissoient quatre grandes rues qui étoient illuminées par un nombre infini de lampions. Le peuple fourmilloit de toutes parts, & le commerce y paroissoit regner comme dans les plus grandes villes.

A peine le grand Prêtre fut-il reconnu, qu'il s'éleva un cri général dont les voûtes retentirent. Le son d'un instrument lugubre, qui se fit entendre, sembloit annoncer sa venue. Dès qu'il eut frappé les oreilles du peuple, un silence profond succéda; les rues devinrent desertes, & mille lumieres nouvelles furent allumées, qui auroient pû disputer l'éclat à celui du plus beau jour. Douze Prêtres vêtus d'une longue cimare des peaux les plus fines s'avancerent, & se prosternerent aux pieds du grand Prêtre & de la Reine; douze autres les suivoient, ayant sur leurs épaules un brancard, où l'on voyoit élevés deux siéges égaux, dans lesquels se placerent la Reine & Lamekis. La marche fut précédée & accompagnée d'un grand concours de peuple: Semiramis en fut surprise; elle forma dans le moment le dessein, dès qu'elle seroit dans

fon palais, de réunir cette pe-
piniere qu'elle regardoit comme un eſſein de rebellion, à l'é-
tat ordinaire de ſes ſujets.

Après avoir fait environ un
mille de chemin de cette maniere, ils arriverent à une grande place quarrée, dans laquelle
étoit un temple ſoutenu de quarante colonnes de marbre. Une
repréſentation de Serapis étoit
poſée ſur un autel de la même
matiere ; & les degrés par leſquels on y montoit, étoient à
jour & d'un travail délicat &
exquis. La couverture du temple ſembloit ſortir de la voûte,
qui dans cet endroit étoit élevée à perte de vûe. L'on en-
troit dans cet édifice par quatre portes en arcs de triomp-
phe, dont les reliefs expli-
quoient myſtérieuſement l'hiſtoire de la Divinité.

Le

Le brancard s'arrêta vis-à-vis le temple : le grand Prêtre on fit descendre la Reine, qu'on revêtit d'un manteau de (a) peau de bœuf dont Lamekis porta la queue. Il fut suivi des vingt-quatre ministres, dont nous avons parlé ; ils s'approcherent de l'autel, & monterent les degrés ; & après que Semiramis se fut prosternée aux pieds du bœuf divin, on la fit passer trois fois entre ses jambes, (b) honneur réservé seul au maître de l'Egypte.

Cette grace accordée, on la

_____

(a) Lorsqu'un ... un étoit mort, on embaumoit ses entrailles ; & toute sa dépouille étoit conservée précieusement, & ne pouvoit servir qu'aux ministres de la Divinité.

(b) L'Auteur s'est trompé. Le grand Prêtre avoit la même prérogative, lorsqu'il étoit sacré.

D.

fit remonter fur le trône porté
par les douze Prêtres : Lamekis
marchant le premier, fa tête
changea de parure ; on lui mit
avec beaucoup de cérémonie
un grand bonnet fort élevé &
orné de quatre cornes rentran-
tes pour le premier étage, &
de quatre dont ies pointes fortoient en dehors. Du milieu
defcendoit une queue de vache,
renouée avec des rubans auro-
res, couleur favorite du Dieu.
Chaque miniftre fubalterne
avoit la même tocque, mais
differoit d'un rang de cornes de
moins, & la queue étoit plus
petite & fans aucun ruban.

Le cortege enfila une grande rue, au bout de laquelle
étoit une barriere gardée par
vingt - cinq Prêtres en habit
court ; ils étoient ceints d'un
large baudrier, au bas duquel

pendoit (*a*) une jambe de bœuf ; ils avoient à la main une espece de fouet entrelassé de trois nerfs du même animal, & étoient plus uniformes pour la couleur de leur habillement, qui étoit d'une peau de bœuf noire à la houssarde, avec de gros boutons de corne, fort bien travaillés : leurs tocques n'avoient qu'une corne ; mais elles étoient distinguées par une aigrette faite d'une oreille de vache, fort bien découpée & très-agréable à la vûe. Dès que la pompe parut, ces ministres se trouverent sous les armes, & pour faire honneur à la Reine, mirent le pied de bœuf à la

(*a*) Par le trente-cinquième article de la loi Bosoë, il étoit dit que les Prêtres de Serapis préposés à la garde du souterrain, porteroient au lieu d'armes un pied de bœuf.

main. Le Capitaine de cette
troupe diftingué par une langue de bœuf prodigieufe , qui
lui fervoit de hauffe-col , & qui
étoit la marque de fa charge ,
s'approcha refpectueufement de
Semiramis , lui mit le doigt fur
fa bouche & un cachet fur fon
cœur. La Reine baiffa la tête
par l'avis du grand Prêtre , ce
qui étoit faire le ferment accoutumé de ne point révéler les
myfteres.

Cette Princeffe étant defcen-
due de fon brancard , 4. hommes apporterent un gros (a) inf-
rument fait de cuivre , du corps
duquel fortoient quatre tuyaux
qu'ils mirent à leurs bouches.
Cet inftrument rendit un fon
bruyant & épouventable ; il

___

(a) Nommé Borfoan ; les Egyptiens
s'en fervoient , lorfqu'ils livroient ba-
taille.

étoit fait pour avertir le peuple
de rentrer chez lui, & s'il arri-
voit alors que quelqu'un fût
trouvé dans les rues par la garde, il étoit haché en morceaux,
& il servoit de pâture au grand
Leopard.

Après que ces ministres eurent fait retentir quatre fois leur
instrument, la barriere s'ouvrit;
le grand Prêtre passa le premier
à travers les gardes, suivi de
Semiramis. Lorsqu'ils furent au
bout du vestibule, Lamekis
frappa trois coups à une porte
qui s'ouvrit : un vieillard couvert d'une tocque, sur laquelle
étoit une lanterne avec une
lampe suspendue, entr'ouvrit
un guichet par lequel le grand
Prêtre passa sa tête; quatre anciens s'approcherent, le recon-
nurent, & ils se parlerent à l'o-

reille. (a) La Reine fut obligée de mettre aussi la sienne, & ils lui ôterent le bandeau sacré, & lui en substituerent un de cuir ; après quoi on la fit entrer, & elle se trouva dans un vestibule où aboutissoient quatre galleries fermées chacune par une porte, où il y avoit un guichet.

Le grand Prêtre y frappa ; il parut un vieillard coëffé d'une tête de bœuf, qu'il rejetta par derriere à la vûe respectable de Semiramis. Le grand Prêtre fut reconnu, & la porte s'ouvrit : le vieillard à la tête de bœuf se jetta aux pieds de la Reine ; & après lui avoir rendu cet hommage, il marcha devant elle, en faisant une cabriole de dix en dix pas.

(a) Quelques recherches qu'on ait pû faire, on n'a jamais pû sçavoir ce qu'ils se dirent.

Cette gallerie nommée (*a*) Koroïka aboutiſſoit à la catacombe Leſmikis, où étoit renfermé le livre des loix. Nul hierogliphe ne l'embelliſſoit ; les murs & la voûte étoient revêtus d'un marbre noir tout uni. Le vieillard ſe trouvant au bout de la gallerie, frappa du pied, & trois autres miniſtres de ſon âge ſe trouverent à l'entrée proſternés à terre, & le doigt ſur la bouche.

(*a*) Cette gallerie, à ce que dit un fameux Auteur, étoit remplie d'hieroglifes, qui repréſentoient l'hiſtoire de Serapis. On prétend que dans un tremblement de terre qu'il y eut en Egypte en 1504, il ſortit de ce ſouterrain ſubmergé comme on le verra, une quantité ſurprenante de bas-reliefs, dont pluſieurs ont été tranſportés dans differentes Cours de l'Europe, entr'autres une figure de grand Prêtre, ayant le doigt ſur la bouche, & un livre à la main où étoit inſcrit ſur la couverture, Coroïca ou Loi.

La Reine fut effrayée à leur aspect; ils avoient de longues barbes qui descendoient jusqu'à leurs pieds, & à l'extrêmité de chaque brin pendoit une dent de bœuf: ce qui faisoit au moindre de leurs mouvemens un cliqueti difficile à exprimer; mais ce qui rendoit cette vûe plus hideuse, étoit que la pesanteur de toutes ces dents ouvroit à ces vieillards la bouche avec tant de violence, que leur grimace étoit au-dessus des plus horribles. Leur tête étoit chauve, & ils étoient à moitié nuds: la peau qui paroissoit, étoit découpée à tant d'endroits & si près les uns des autres, que ces chairs étant dessechées, hérissoient comme les éguilles d'un hérisson.

Au milieu de la Catacombe mystique étoit un grand livre, dont

dont les (*a*) feuillets étoient de lames d'airain. Le grand Prêtre l'ouvrit ; & le bruit de chaque feuillet qui retomboit l'un fur l'autre, étoit au-deſſus de celui que fait la porte de la plus affreuſe priſon. Lamekis fut aidé par les trois autres vieillards pour les tourner ; & lorſque le paſſage où étoit inſcrit le ſerment des Rois fut trouvé, ils ſe proſternerent tous, & en firent jurer l'obſervance à Semiramis.

Après que cette cérémonie fut faite, ils ſortirent de la Catacombe, & repaſſerent par la gallerie Koroïka. Lamekis frappa à celle de (*b*) Buraïkos, qui

___

(*a*) L'on conſerve encore ce livre à Tauris, & l'on prétend que Thamas Koulikam en eſt poſſeſſeur.

(*b*) Buraïkos. Brûlantes. Ce lieu étoit ſi reſpectable, qu'il falloit, pour que les Prêtres fuſſent admis à la garde du feu

conduifoit au feu facré ; il parut
à cette porte un homme d'environ quarante ans ; fon air
étoit égaré ; il rouloit les yeux
avec fureur ; & il fit une grimace fi affreufe au grand Prêtre , que Semiramis en recula
de deux pas ; Lamekis la raf-
fûra. Il n'étoit pas befoin de demander le nom de cette gallerie ; fa chaleur annonçoit celle
du feu qui étoit confervé dans
la Catacombe. On le voyoit
de loin élevé fur un trepied maf-
fif de fer , au travers d'une grille
du même métail ; tous les cô-
tés du corridor étoient remplis
d'os de morts artiftement rangés les uns fur les autres : ce qui
faifoit un coup d'œil extrême-

facré, qu'ils euffent été choifis par le Dieu
lui - même. Ce feu n'étoit entretenu que
d'os humains ; & pour les rendre com-
buftibles , on les arrofoit avec de l'huile
du cuir des hommes.

ment gracieux. Deux jeunes hommes se promenoient des- sus à pieds nuds avec un arro- soir à la main, dont il sortoit une huile tirée du cuir humain, avec laquelle on humectoit perpétuellement ce charnier. La Reine pressa Lamekis de la faire sortir de cet endroit où l'odorat souffroit extrèmement. Il abrégea la cérémonie par considération : on la fit entrer dans la Catacombe ; à peine en put-elle soutenir l'ardeur. On lui ôta la bandelette dont on l'avoit ceinte, on l'arrosa de l'huile sacrée, & l'on y mit le feu ; une flâme légere en brûla la superficie ; Lamekis la remit toute brûlante sur le front déli- cat de la Reine. La douleur qu'elle en ressentit, fut si vio- lente, qu'elle jetta un cri horri- ble : la voûte en retentit, & il se fit entendre de tous les lieux voisins ; des hurlemens furieux y répondirent; & le bruit s'augmenta à un tel point, qu'il sembloit que les voûtes alloient crouler.

» Ah ! Madame, qu'avez-
» vous fait, s'écria le grand Prê-
» tre? Je vous avois prévenue ;
» votre voix vous trahit : si
» vous êtes reconnue pour une
» femme, nous sommes perdus.
» Le murmure que j'entens de
» toute part, me fait trembler
» pour vos jours précieux : de
» quels remedes se servir pour
» les préserver de la rebellion ?
» Vous avez vû vous-même la
» garde exacte que l'on fait dans
» ces lieux. Comment échap-
» per à une fureur qu'ils croyent
» légitime? » Il n'eut pas le temps d'en dire davantage ; les portes de la gallerie s'ouvrirent;

les miniftres du fouterrain y parurent en foule, accompagnés
du peuple. Le grand Prêtre
dans cette extrêmité recourut
au ftratagême, fit parler la Divinité ; & s'avançant vers eux
avec cette majefté qui im-
primoit toujours, il rompit
pour la (*a*) premiere fois le
filence, & il leur demanda
avec hauteur d'où provenoit
leur fortie tumultueufe & leur
manque de refpect. » Sçavez-
» vous bien, continua-t-il en
» feignant un entoufiafme cé-
» lefte, que Serapis eft prêt à
» vous écrafer? Je vois les fon-
» demens de fon temple ébran-
» lés. O peuple ! qu'avez - vous
» fait ? Ils vont s'écrouler &
» vous punir de votre téméri-

(*a*) La premiere des loix étoit Krouftia
ou Sitao, c'eft-à-dire ; filence perpétuel
ou la mort.

» té. O! ciel, arrête : vos mi-
» niftres fe repentent , & fe
» profternent aux pieds de vo-
» tre mifericorde. « En prononçant ces mots d'un ton écu-
mant, il avoit la main haute ,
& fembloit retenir la voûte prête à tomber. Les miniftres, dont
la rebellion s'étoit manifeftée
à leur abord , frémirent de ces
mots ; ils fe jetterent à terre, &
demanderent grace avec un air
humilié. » Qu'on fe retire, s'é-
» cria Lamekis, je vais inter-
» ceder auprès du Dieu, & cal-
» mer une colere que je vois à
» fon dernier comble. « A peine eut-il prononcé ces paroles,
que la retraite & le filence fuc-
cederent. Le grand Prêtre
voulut profiter de la frayeur
qu'avoit dû reffentir la Reine à
ce qui venoit de fe paffer pour
l'engager à fortir des Catacom-

bes, & lui ôter la connoiſſance des ſecrets myſtiques. Mais cette Princeſſe, dont la fermeté du cœur étoit au-deſſus de ſon ſexe, & qui accordoit la politique de ſon amour avec celle de ſon état, voulut approfondir les myſteres & deſcendre dans le ſouterrain (a) Veſtaſia, où l'on gardoit les trois vierges ſacrées. Le grand Prêtre obéit avec répugnance ; & ne pouvant réſiſter à ſes ordres puiſſans, il conduiſit la Reine à la trape (b) Luroé. . . . . (c)

(a) C'étoit le lieu le plus reculé du ſouterrain.

(b) Ici eſt une lacune de pluſieurs pages dans le Manuſcrit. On auroit pû faire une deſcription de ce lieu ; mais on a trop de reſpect pour l'antiquité : & la piéce, quelque bien rapportée qu'elle pût être, auroit toujours été remarquée. On a mieux aimé être fidele, que fécond.

(c) Luroé ou dernier ſecret, ſelon les

Semiramis furieuse de la résistance du grand Prêtre la dis-
simula, & voulut remonter ; elle repassa par les mêmes endroits, par lesquels elle avoit
été conduite, & après une marche pénible & fatiguante ils se
retrouverent dans le temple supérieur ; il étoit rempli des
Gardes de la Reine ; les Offi-

fastes de Semiramis, étoit une trape qui
ouvroit un degré de marbre très-étroit,
au bas duquel étoit l'appartement de
Vestasi.. Il y avoit un cabinet myste-
rieux, où, lorsqu'on faisoit tant que d'entrer, il falloit donner des marques réel-
les de la différence des sexes. Le grand
Prêtre apparemment se deffendit d'y entrer avec Semiramis ; & cet événement,
tout simp'e qu'il paroît, a été, selon les
mêmes fastes, la cause de la ruine du
fameux temple de Serapis, dont il sera
parlé jusqu'à la fin des siécles.

Je ne me suis point étendu sur la des-
cription de ce temple, non plus que sur
la varieté des mysteres ; c'est à messieurs
les Sçavans à nous enrichir de ces tré-
fors.

ciers qui les commandoient, environnoient le Sanctuaire. Elle ordonna à Lamekis de les faire entrer, & s'adreſſant au chef : qu'on ouvre les portes, s'écria-t-elle ; qu'on ſe mette ſous les armes, & qu'on diſe au peuple de m'écouter.

Lamekis troublé des ordres de la Reine, ſe jetta à ſes pieds, & lui demanda reſpectueuſement ce qu'elle vouloit faire ; détruire un eſſain de rebellion de fond en comble, reprit-elle, & apprendre à mes ſujets le précipice qu'on leur creuſe. Ah ! madame, s'écria le grand Prêtre, arrêtez : tremblez, tremblez de cette entrepriſe ; vous mettriez l'Egypte à feu & à ſang, & la terre vomiroit des armées entieres, pour vous punir de cet attentat. Raſſûrez-vous, Lamekis, continua la

Reine en s'approchant de son oreille, vos jours me sont précieux, & j'en prendrai soin ; mais je ne veux pas laisser plus long-tems augmenter la puissance de mes ennemis secrets. Je pénetre leurs desseins ; & que sous le voile de la religion, & sous prétexte de mettre Serapis sur mon trône, ils s'y placeroient eux-mêmes, & que tôt ou tard ces cavernes ténébreuses vomiront un tyran, & renverseront la puissance légitime. Le temps est venu, où leurs coupables projets doivent être anéantis. Elle dit ; & montant à l'estrade sur laquelle se mettoit le grand Prêtre, elle révéla au peuple les secrets des Catacombes, lui fit connoître le danger de laisser multiplier plus long-tems des ennemis qui ne se cachoient que pour leur porter de plus dangereux coups ; elle fit valoir leur nombre, & appuya sa harangue par l'exemple des Monarchies détruites par de semblables endroits : la fin de son discours produisit l'effet qu'elle en avoit attendu. Cette Princesse étoit aimée ; & les graces de sa personne donnant un poids infini à ce qu'elle venoit de dire, les cris éclatans s'éleverent, & demanderent la destruction du souterrain. A peine le respect qu'ils avoient pour la Reine, put sauver Lamekis de leur fureur ; elle ne l'arrêtoit, qu'en leur insinuant qu'elle avoit besoin de lui pour connoître le fond de cette importante affaire. Le peuple eut ordre de se tenir sous les armes jusqu'au jour suivant, marqué pour détruire cette puissance souterraine. On donna des Gardes au grand Prêtre , & il fut conduit au Palais pour être plus à portée, à ce que difoit la Reine , de travailler à cette deftruction ; mais en effet , pour lui parler d'un amour qui lui tenoit autant à cœur que l'affaire dont il s'agiffoit.

Lamekis , lui dit elle , dès qu'elle fut feule avec lui dans fon cabinet, il y a long - tems que mes yeux vous ont diftingué. Nonobftant ce qui s'eft paffé, votre mérite fupérieur & ma façon de penfer pour vous, vous foutiennent dans mon cœur : c'eft affez vous en dire ; je vous permets de deviner le refte ; vous partagerez avec moi la fuprême puiffance ; & malgré la fureur de mon peuple, je fçaurai vous en préferver, & changer fa haine en refpect. Répondez : que le rang

que j'occupé, ne vous trouble
point ; vous me connoiſſez , &
vous devez ſçavoir que lorſqu'une Reine avoüe des foi-
bleſſes , elle a ſçû prévoir tout
ce qui en devoit arriver.

Semiramis attendit long-
tems la réponſe du grand Prêtre : ce diſcours l'avoit troublé,
& le fond de ſon ame étoit
combattu par les endroits les
plus ſenſibles. Le préjugé dans
lequel il étoit né , lui donnoit
une tendreſſe de pere pour les
peuples qu'on alloit détruire,
qui l'agitoit de la plus vive
compaſſion ; des endroits qui
le touchoient de plus près , le
faiſoient trembler ; & quelque
parti qu'il prît , il ne pouvoit
empêcher la perte de ce qui lui
étoit de plus cher. Lamekis
étoit époux & pere : la Reine
l'ignoroit ; & ce ſecret révélé

faifant naître la jaloufie de Semiramis, & lui apprenant la caufe de l'obftacle qu'il avoit apporté à fon amour, ne pouvoit que hâter la mort de ceux qui lui étoient fi chers; mais ne prévoyant cependant pas que des complaifances de fa part puffent lui faire éviter tous ces maux, il aima mieux périr vertueux, que d'échapper au trépas en s'abandonnant au crime, & en fouillant fon miniftere; il parla dans ces fentimens. Semiramis employa fes charmes & fes pleurs pour le féduire. Semblable au roc battu des ondes, la vertu de Lamekis le foutint dans ces combats périlleux; fa fermeté s'expliqua, & ne donna aucun lieu d'efpérance. La haine fuccéda à l'amour: la fin de cette importante converfation fut un ordre de livrer le grand Prêtre à la fureur du peuple, qui demandoit ſa tête avec empreſſement.

Semiramis ne l'eut pas plûtôt perdu de vûe, qu'elle ſe repentit de ſa violence; elle envoya porter un contre ordre, mais il n'étoit plus tems; le peuple s'en étoit emparé, & toute la puiſſance de la Reine ne pouvoit l'arracher de ſes mains. Les plus furieux opinerent à le mettre en piéces ſur le champ : chargé de fers, il attendoit avec une ſainte tranquillité la fin de ſa vie; & ſa vertu lui donnoit une ſérénité, qui le mettoit au-deſſus des plus cruels événemens. Il fut conclu dans le Conſeil du peuple, qu'il ſeroit brûlé vif; le bûcher fut dreſſé; on l'attache au poteau, & déja les flambeaux ſont prêts à y mettre le feu; mais le juſte

Ciel, protecteur de l'innocence, se déclare. Un coup de tonnerre furieux se fait entendre ; le peuple s'en étonne, l'hemisphere paroît embrasé, & les éclairs brillent de toutes parts ; il semble que l'Univers va se confondre, & rentrer dans la nuit éternelle. Tout le monde s'écrie, que Serapis vange l'outrage faite à son ministre : on court au bucher ; Lamekis est délié, & conduit en triomphe dans le temple ; on fait un sacrifice à la Divinité ; le Ciel s'appaise, & la tranquillité succede à la fureur.

Cependant la Reine qui avoit tremblé elle-même, & qui étoit plongée dans la douleur la plus cruelle avant l'événement qui avoit arraché le grand Prêtre à sa colere, reprit le desir de sa vengeance ; elle envoya

envoya des Gardes pour se saisir de Lamekis ; mais il étoit
trop habile pour s'exposer à un
second danger ; il étoit rentré
dans les Caracombes ; il y avoit
porté le trouble & le desordre ;
& ne ménageant plus rien, il
leur inspiroit le desir de se deffendre, & de faire éclater les
desseins ausquels ses ministres
travailloient depuis si long-
tems. On prétend qu'ils étoient
d'anéantir la Monarchie, de
rendre Serapis Roi perpétuel,
& de regner sous son nom &
sous ses auspices.

L'entreprise étoit hardie, &
auroit pû réussir ; mais la politique & la fermeté de la Reine
fit avorter ces criminels projets. L'Officier qui avoit été
chargé de l'ordre d'arrêter Lamekis, ayant rapporté qu'il ne
se trouvoit plus, & qu'il étoit

F

rentré fans doute dans le fouterrain, elle fe fit tranfporter au
temple; & la recherche qu'elle
fit faire, fut fi exacte, que la
trape qui ouvroit le degré des
Catacombes, fut trouvée. On
commanda des troupes pour y
defcendre : mais quelle fut la
furprife de le trouver muré. Les
ouvriers furent ordonnés pour
renverfer cet obftacle ; ils y
travaillerent pendant huit jours
confécutifs, fans pouvoir le
percer. A mefure qu'on démo-
liffoit d'un côté, on rebâtiffoit
de l'autre ; c'étoit un ouvrage
éternel, & l'on fut obligé de
le quitter, & de recourir à d'autres moyens pour parvenir aux
fins qu'on s'étoit propofées.

Plus l'entreprife parut difficile, & plus Semiramis parut
conftante à confommer fes
vûes. Cette réfiftance l'inquié-

ta , & lui fit tenter tous les moyens imaginables pour pénétrer dans les fouterrains ; elle fit creufer, & mit à cet ouvrage un nombre prodigieux d'ouvriers. Malgré le travail & la profondeur de ce vafte puits , l'on ne trouvoit encore aucun veftige de ce qu'on recherchoit. Le peuple commençoit à murmurer de l'inutilité de cette entreprife ; & l'on croyoit qu'on alloit l'abandonner , lorfqu'au bout de fix mois on atteignit une voûte : on en avertit la Reine; elle voulut être préfente à l'ouverture qu'on en alloit faire. Le peuple fe mit fous les armes ; la voûte fut enfoncée , & un détachement fut commandé pour defcendre dans le fouterrain : on y trouva une ville entiere, auffi grande que la Capitale ; mais elle étoit defer-

te. Semiramis trembla , lorfqu'on lui rapporta cette nouvelle. Les Gardes furent redou-
blés , & l'on fit defcendre un
nombre fupérieur au premier ,
afin de faire une recherche plus
exacte : c'étoit ce que les ennemis fecrets défiroient ; ils
avoient dreffé une embufcade
dans ce labyrinte inconnu , qui
hâcha en piéces les troupes de
la Reine. Un feul foldat , com-
mis à la garde de la machine
par laquelle on defcendoit ,
échappa ; il donna le fignal , fut
remonté & rapporta la fatalle
nouvelle , en affûrant que le
nombre des conjurés étoit fi
grand , & les avantages de leurs
repaires fi confidérables , qu'il
ne falloit pas efpérer de les prendre par la force. On tint un
confeil pour ces nouvelles , &
l'on trouva un expédient très-

facile pour détruire cet essein
de rebellion. Il fut arrêté qu'on
écriroit au grand Prêtre de la
part de la Reine ; & qu'on l'a-
vertiroit que si ses ministres &
le peuple ennemi ne mettoient
bas les armes , & ne recou-
roient à la miséricorde, on avoit
des moyens assûrés pour les détruire, sans qu'ils pussent échapper au sort affreux qu'on leur
préparoit.

Lamekis crut que la menace
dont on se servoit , étoit pour
l'intimider ; il répondit qu'il
étoit prêt à périr, aussi-bien que
son peuple, plûtôt que de rendre les armes , & qu'ils avoient
tous résolus de se deffendre jusqu'à ce qu'ils fussent vainqueurs
ou vaincus. La Reine connois-
sant leur obstination en consé-
quence de l'expédient proposé
dans le conseil, fit tirer du Nil

un foſſé juſqu'à la voûte enfoncée ; & lorſqu'elle en fut à quatre toiſe , elle fit écrire une ſe-
conde lettre aux Rebelles , par
laquelle on les avertiſſoit du
moyen qu'on avoit pour qu'il
n'en échappât pas un ſeul ; &
que pour leur prouver la vérité de cette menace , elle vouloit bien qu'ils députaſſent quatre des leurs pour la vérifier ,
& qu'il leur ſeroit donné pareil
nombre d'ôtages. La propo-
ſition fut acceptée : leurs émiſ-
ſaires virent le bras du Nil ſi
près de leur demeure , qu'ils
convinrent qu'ils n'avoient
point d'expédient pour ſe ga-
rantir d'être ſubmergés. Ils demanderent ſix heures pour faire
leur réponſe , & ils rapporte-
rent cette triſte nouvelle à la
ville ſouterraine. Au bout de
ce tems un des leurs parut au

bas de la machine ; il remit une lettre à la Garde , qui fut rapportée à la Reine , & elle y lut ces mots.

LAMEKIS GRAND PRETRE A SEMIRAMIS.

Les bontés dont vous m'avez voulu honorer , madame , méritent de la sincerité & de la reconnoissance , & prêt à vous faire un éternel adieu : le moins que je doive , est de vous faire un portrait sincere de notre situation , & de la verité de mes sentimens.

Le culte de Serapis est détruit : les prédictions du Dieu sont accomplies ; mais son temple est éternel, & il subsistera tant que la terre tournera sur son axe. Les eaux du Nil peuvent détruire l'azile de ses ministres ; mais elles n'éteindront jamais les feux sacrés , qui brûlent dans leurs cœurs. La bonté suprême, en souffrant la destruction de son temple, nous avoit dès long-tems préparé une retraite à l'abri de toutes les puissances. Avant ma lettre écrite, ce peuple que votre haine persecute, sera en lieu de sûreté: un souterrain secret le conduit aux bords d'une mer inconnue, où des vaisseaux sont toujours prêts à le transporter dans les climats où Serapis regne. J'ai crû devoir vous en avertir, afin, madame, que rien n'altere la tranquillité de vos jours, & que vous n'ayez rien à redouter de ces hommes qui ne vous ont offensés, que parce qu'ils ne vous connoissoient pas.

La Reine surprise à la lecture de cette lettre, fit descendre dans le souterrain: on fit une recherche exacte, & on lui rapporta que pour cette fois il étoit desert, & que rien n'empêchoit qu'on

qu'on ne s'en emparât ; qu'il paroissoit même qu'on avoit enlevé une partie de ce qui servoit à l'usage de la vie ; mais
que ce labyrinte étoit rempli
de tant de tours , qu'il n'étoit
pas possible de connoître le
chemin que ce peuple avoit
pris pour sa fuite. La Reine y
renvoya des Officiers plus
éclairés ; ils firent le même rap-
port. Mais cette Princesse dé-
fiante , soupçonnant de nouveaux stratagêmes, fit descendre
une garde beaucoup plus nom-
breuse que les deux précéden-
tes , avec ordre de faire une visite exacte, & d'examiner les
lieux par lesquels les rebelles
s'étoient retirés.

Celui qu'elle chargea de cette commission , étoit ennemi
déclaré des ministres du Dieu
Serapis. Il s'en acquitta avec

tant de zéle ; les ordres furent
si bien donnés, & il examina
lui-même si bien les choses,
qu'il découvrit la voye de leur
fuite. Lamekis avoit crû la dé-
rober par un foible mur qu'il
avoit fait faire , n'imaginant
pas qu'on pût soupçonner cet
endroit reculé ; mais il ne pré-
voyoit pas avoir à faire à un
homme aussi éclairé que celui
que la Reine avoit détaché. Le
Commandant reconnut que ce
mur étoit neuf; il le fit abbatre,
& deux heures après il apprit
qu'il conduisoit au rivage de la
mer. Il en fit avertir la Reine ;
& de son côté il fit si bien son
devoir, qu'il arrêta au milieu de
la nuit le vaisseau sur lequel Lamekis alloit se sauver, n'ayant
voulu se retirer que le dernier
& comme bon citoyen, faisant
marcher le salut de sa patrie

avant le sien; sa surprise fut extrême, deux femmes & trois enfans furent arrêtés avec lui.

Qu'on juge de la joye que ressentit Semiramis à cette nouvelle; elle la fit éclater par la destruction des Catacombes, dans lesquelles elle fit entrer le Nil, & que les eaux eurent bientôt submergées. Pour achever sa vengeance, le temple fut abbatu & détruit de fond en comble.

La Reine ayant appris que l'une des femmes que l'on avoit arrêtée sur le vaisseau, étoit épouse de Lamekis, elle en fut furieuse; elle s'étoit consolée de la résistance que le grand Prêtre avoit apportée à ses desirs, par la foi qu'elle avoit que né dans le culte des dieux, son cœur étoit à l'épreuve des traits de l'amour; & que le te-

nant dans sa puissance, il eût
pû dans les suites devenir sensible à ses charmes. Cette connoissance, dis-je, redoublant
sa colere, réveilla sa passion ;
elle le fit appeller, & ses · eux
& l'amour travaillerent à l'envi
pour se l'attacher ; mais la constance de Lamekis résistant à ses
nouveaux efforts, il usa de toute sa sagesse pour éteindre les
feux de Semiramis. Ses discours dictés par la vertu furent
inutiles ; sa résistance l'irrita ; &
sa haine ayant repris le dessus,
elle fut prête vingt fois de venger sa flâme outragée, en sa-
crifiant le grand Prêtre & sa
femme à sa fureur ; mais sa rage
ingénieuse, peu satisfaite d'une
mort qui les auroit délivrés de
sa tyrannie, imagina des moyens
nouveaux pour filer le supplice. Elle fit faire une barque plat-

te, dans laquelle elle fit attacher Lamekis & ceux qui étoient avec lui, & elle la fit exposer au milieu de la mer sans vivres, sans mats & sans voiles.

C'est ici, ô Sinouïs ! continuai-je, où je vais commencer à parler de moi. J'étois un des malheureux enfans de Lamekis ; j'avois dix ans, & à cet âge je sentis toute la rigueur de notre sort ; mon pere le souffroit avec une constance extrême ; il nous exhortoit par ses sages discours & par sa pieté à nous résigner à nos malheurs. Milkhea ma mere pleuroit amérement ; ma vûe & celle d'une petite sœur au maillot, qui alloient périr devant ses yeux, lui causoient les regrets les plus touchans. Haronza, femme du premier ministre des Catacombes détruites, au sein de laquelle étoit pendue sa fille, augmentoit par ses cris notre état douloureux, d'autant plus terrible, que nous étions dans le cas funeste de désirer que la mort finît tout d'un coup nos langueurs.

Nous fumes trois jours & trois nuits dans cette funeste situation : la mort de ma petite sœur commença la catastrophe. O ciel ! s'écria Milkhea, en l'arrachant des bras de Lamekis, qui vouloit la jetter dans la mer pour lui ôter cet objet si touchant ; laissez-moi la consolation de périr avec cet enfant chéri. Reine barbare, que t'avois-je fait pour me frapper de si cruels coups ? Et vous, ô mon fils, continua-t-elle en me regardant avec des yeux noyés de larmes, le Ciel n'aura-t-il pas pitié de votre jeunesse ? O Se-

tapis ! O fort affreux ! Faut-il
périr tout vivant ?

Haronza mourut le quatriéme jour de foiblesse. On n'avoit
plus de larmes à verser ; le dé-
sespoir les avoit taries ; un silence affreux lui avoit succedé ;
Lamekis seul paroissoit tran-
quillement attendre la fin de
cette horrible tragédie ; la nour-
rice de ma petite sœur, pressée
d'une faim dévorante, s'étoit
jettée sur la fille d'Haronza qui
se mouroit, & vouloit la manger de rage. Lamekis à cet aspect jetta un cri douloureux,
& tendit vainement les bras
pour arrêter ce dessein crimi-
nel. L'horreur que j'en eus moi-
même, me fit sauter sur cette
femme, & lui enlevai sa proye.
Je portai des marques de sa fureur ; ses dents meurtrieres
m'arracherent un morceau de

chair de la main ; elle la dévora comme une furie à nos yeux ; & la douleur que j'en reſſentis, me fit jetter des hurlemens affreux & continuels.

Ce nouveau malheur cependant ſauva la vie à la fille d'Haronza ; elle étoit ſur ma mere, laquelle attendrie des maux que je ſouffrois, avoit ſaiſi ma main bleſſée, & par des bandelettes tâchoit d'en étancher le ſang. Les cris de l'enfant lui tenoient la bouche ouverte ; & le hazard lui en ayant fait recevoir quelques goutes, elle s'appaiſa tout d'un coup, & ſe mit à ſourire : ma mere s'en étant apperçue, & me voyant ſuccer ma playe, parce que j'y trouvois du ſoulagement, elle me convia de la donner à cette petite infortunée, qui s'en ſaiſit avec autant d'empreſſement &

de vivacité, que du fein de fa
mere ; elle ouvrit bientôt entiérement les yeux : cette nourriture affreufe & nouvelle la
rappella à la vie. Milkhea re-
gretta alors de n'avoir pas donné fon fang pour conferver les
jours de fa propre fille ; je trouvai moi-même du foulagement,
& je reffentois une fecrete con-
folation, dont je ne pouvois
difcerner les mouvemens. O
Serapis ! Que vos decrets font
admirables ! Qui eût jamais
preffenti les fuites qu'ont eu cet
événement !

Il n'étoit pas poffible cependant, que nous puffions réfifter
davantage à cette rigoureufe fituation. La foif nous preffoit
encore plus que la faim ; l'eau
de la mer que nous portions à
notre bouche, loin de nous raf-
fraîchir, mettoit dans notre

fein une ardeur brûlante ; nous étions prêts à en être abbatus , lorfque le vent ayant changé , une grêle abondante tomba : la barque en fut remplie , & nous la regardâmes comme une manne que le Ciel nous envoyoit pour prolonger nos triftes jours. Nous nous jettâmes deffus avec empreffement ; & nous la trouvâmes fi délicieufe , que notre courage , en fut , pour ainfi dire , ranimé. Mais quelque foulageant que fût ce fecours , il n'appaifoit point la faim qui nous dévoroit. Un defir n'eft pas plûtôt fatisfait , qu'un plus preffant vous agite. Nous étions à bout de nos forces , & la langueur fuccéda bientôt à la rage. Lamekis fut le premier qui fuccomba : malgré fa fermeté , il fe laiffa aller à la renverfe , & Milkhea le fuivit bientôt. L'enfant pleuroit ; mais la fubftance de mon fang la foutenoit encore. La douleur de ma bleffure fe faifoit reffentir de nouveau, & je ne pouvois tarder à perdre bientôt une vie malheureufe ; mais les dieux ne vouloient pas fi-tôt finir mes infortunes. La barque fe trouva tout d'un coup arrêtée fur un banc de fable à fleur d'eau ; il étoit d'une vafte étendue, & couvert de coquillage. Le defir naturel qu'on a de conferver fa vie, m'en fit porter à la bouche ; ils me femblerent fi délicieux, que je jettai un cri de joye. Ah ! mon pere, ah ! ma mere, m'écriai-je, le Ciel a pitié de nous : voyez les prefens qu'il nous fait ; ils vont nous rappeller à la vie ; ils ouvrirent l'un & l'autre les yeux à ce difcours ; à peine avoient-ils la force de recevoir

ce soulagement. O mon fils !
reprit Lamekis, que le Ciel
vous conserve ; la bonté de votre cœur mérite qu'il fasse des
miracles pour vous. Ils prirent
de cette nourriture ; j'en mis à
la bouche de la petite fille ; &
elle nous fit à tous un si merveilleux effet, que le sommeil
s'empara bientôt de nos sens.
La femme cruelle, dont j'a-
vois ressenti la fureur, étoit ex-
pirée ; & ce ne fut pas sans une
peine extrême, que nous en dé-
barrassâmes la barque.

J'étois enséveli dans un repos
qu'il y avoit long-temps que je
n'avois goûté, lorsque je me réveillai en sursaut, me sentant
transporter par quelqu'un. J'ouvris les yeux ; mais, ô surprise
extrême ! j'étois entre les bras
d'une homme d'une figure extraordinaire. J'appellai Lame-

kis & ma mere ; la nuit qu'il
faifoit, m'empêcha de difcerner les objets : je remarquai
feulement que j'étois fur la terre ; je pleurois, & celui qui me
portoit, me flatoit de la main,
& fembloit vouloir m'appaifer.
Il marcha une heure, & au bout
de ce tems il defcendit dans une
grotte, où il me pofa fur un petit lit de natte. La douleur de
me voir enlever à ce que j'avois
de plus cher, m'avoit prefqu'ôté la connoiffance ; & j'en
fus fi ferré, que je fus plus de
deux jours fans ouvrir les yeux,
& fans prendre aucun aliment,

Cependant je portai mes regards le troifiéme fur les objets qui m'environnoient. Une
femme que je n'avois point encore vûe, & dont les traits
étoient agréables, affife près
de moi, fembloit inquiéte de

mon défefpoir ; elle me parloît un langage inconnu , & paroiſſoit me convier à prendre d'une nourriture qu'elle tenoit. J'en goûtai à la fin, & je la trouvai ſi bonne, que j'en mangeai avec avidité : c'étoit une eſpece de ris cuit à la viande. Cette femme avoit un air ſatisfait de l'empreſſement avec lequel je faiſois ce repas.

Un moment après , l'homme entre les bras duquel j'avois été, entra. La femme courut au-devant de lui, & l'entretint vivement en me regardant. Il leva les yeux au Ciel, & donna par ce ſigne des marques d'un contentement infini. J'entendis prononcer dans leur converfation Lamekis : à ce nom je me ſentis attendrir ; les larmes me vinrent aux yeux, & je m'écriai: Lamekis , Milkhea ;

ils se regarderent, & répeterent les mêmes mots. L'homme sortit, & reparut bientôt en étendant les bras ; Lamekis (*a*) *Papo*. Je ne compris rien à ce langage, & je continuai à pleurer amérement.

Le jour ayant entiérement paru, il me fut aisé de distinguer l'habitation dans laquelle j'étois. La grotte étoit taillée dans le roc, & la voûte extrêmement haute recevoit le jour d'une crevasse de la montagne. Mille coquillages diverses l'ornoient, & rendoient ce séjour agréable. Une eau pure comme du cristal sortoit de l'un des coins, & tomboit en faisant un murmure harmonieux, dans un bassin que la chûte de cette eau avoit formé, & qui se perdoit dans une fente de la pierre,

(*a*) Il n'est plus.

Au fond de la grotte, à l'op-
pofite de cette fontaine, paroiffoit une feconde voûte, plus
baffe que la premiere, qui fembloit avoir été faite exprès pour
une alcove. L'on y avoit pratiqué un grand lit de natte, fur
laquelle étoit une mouffe qui
ne s'affaiffoit jamais. A l'angle
de l'autre côté étoit placée dans
une efpeée d'armoire pratiquée
dans le même roc, une vaif-
felle de terre plus noire que le
geay, & luifante comme le
marbre. Mais ce qui arrêta le
plus mon attention, fut un
grand animal prefqu'auffi haut
que nos ânes, dont la couleur
du poil étoit d'un bleu célefte,
avec des taches noires. Il avoit
le corps fait à neu près comme
celui du cerf, la tête d'un do-
guin, & les yeux d'une douceur
& d'une beauté infinie ; il me
regardoit

regardoit avec un air fingulier.
Malgré ma douleur, je ne pus
m'empêcher de le flâter ; cet
animal fembla recevoir mes
careffes avec joye, & me lé-
cha par hazard la main que j'a-
vois bleffée, & qui continuoit
à me faire une douleur extrême. Sa langue étoit fi douce,
& me donna tant de foulagement, que je le laiffai faire.
Pendant ce temps j'arrêtai mes
yeux fur le vifage de mes hô-
tes que je n'avois pas encore
confidéré : celui de l'homme
étoit bleu, & fa phifionomie
douce & revenante, & il me
parut qu'il étoit dans la force
de fon âge. La femme avoit le
tein d'une couleur de rofe pâ-
le, & cela ne lui meffaïoit
point : fes traits étoient beaux
& extrêmement délicats ; & la
façon dont elle étoit vêtue,

H

donnoit un air galant à toute
sa personne.

Mon hôte, qui ne me per-
doit pas de vûe, me prit par la
main. Nous laissâmes sa femme occupée à plumer une espece de poule, dont la tête res-
sembloit à celle d'un chat.
Avant que de sortir, il s'approcha de sa femme ; lui mit la
main sur la tête, & profera
quelques mots. Elle quitta l'ouvrage qu'elle faisoit, & avec un
fours gracieux elle lui arracha
un poil de ses cheveux, & elle
fut l'attacher à une cheville où
il y en avoit plusieurs. Je regar-
dois ces choses avec de grands
yeux : mais je fus bien plus surpris de lui voir prendre un vase,
duquel elle sortit une espece
d'éponge dont elle me frotta
le visage & les mains, qui devinrent après cette friction de

la même couleur que celle de mon hôte.

Nous sortimes de la grotte par un chemin creux & pratiqué dans l'épaisseur du rocher; nous fimes environ quatre cens pas dans l'obscurité : le chien marchoit devant, & nous guidoit par sa voix. Dès que nous fumes hors du souterrain, nous montâmes un degré fait par la nature, qui nous conduisit sur une platte-forme, de laquelle on découvroit la mer. A main droite paroissoit un bois dont les arbres sembloient toucher lesnues; & de la gauche les yeux étoient arrêtés par une chaîne de petits rochers, dont la cime étoit du blanc le plus éclatant. Le terrain sur lequel nous marchions, étoit doux & d'une si grande blancheur, que je me baissai pour le toucher, le croyant couvert de neige ; c'étoit une mousse extrêmement fine. Mon hôte sourit de l'admiration que je témoignai, & me dit (*a*) *Piga*, *Piga* : je répetai les mêmes mots, dont il marqua de la surprise ; il mit ensuite la main sur l'animal bleu, & le montrant de l'autre il ajoûta (*b*) *Falbao*. Je n'eus pas plûtôt prononcé le même mot, que le chien me sauta au col, dont je pensai être renversé. L'homme surpris de la facilité avec laquelle je retenois les mots de sa langue, en prononça encore plusieurs autres que j'articulai aussi aisément. Il mit la main sur sa tête ; & se frappant l'estomac, il s'écria, *Motacoa*,

(*a*) Neige, neige.

(*b*) Le nom du chien. Ce mot signifie terrible par sa force.

en me faifant entendre par ce
figne, que c'étoit fon nom : je
le répetai ; il fe mit à fourire,
& il me prit le (a) genoux qu'il
me ferra.

Lorfque nous fumes au bout
de la platte-forme, qui faifoit
face à la mer, nous la defcen-
dimes par un degré, à la fin
duquel nous trouvâmes le rivage. Nous entrâmes dans un petit batteau rond, qui avoit à
chacun de fes flancs une roue
attachée, dont les aîles fervoient de rames ; une manivel-
le double les faifoit tourner à
la fois. A peine y eut il mis la
main, que nous nous éloignâ-
mes avec une vîteffe dont je
fus effrayé. Tout ce qui m'é-
toit arrivé, fe retraça alors à

(a) Politeffe de ce 1 ïs, comme de
ferer la main ici.

mon efprit, & je me mis à pleurer douloureufement. (a) Motacoa quitta les rames, vint à
moi avec bonté, me ferra encore les genoux, & me dit
beaucoup de chofes que je ne
compris pas. Pendant ce tems
Falbao fe jetta dans la mer; &
il y fit tant de fingeries, que je
me mis à rire avec la même facilité que j'en avois eu à pleurer. Mon hôte en fut ravi : cependant le chien difparut tout
d'un coup à mes yeux : la crainte que j'eus qu'il ne fe fût noyé,
me fit jetter un cri. Motacoa
s'en étant douté, fe prit à rire;
& mettant le doigt fur la bouche, Falbao, Falbao, (b) tou-
kat-zi, s'écria-t-il. A peine eut

(a) Nom du Sauvage, fils de dou-
kur.

(b) Vîte ici.

il prononcé ces mots, que le chien montra sa tête, & la replongea avec vivacité dans la mer. Un moment après il reparut, sauta dans le batteau, tenant un gros poisson dans la gueule (ou dans son muffle) comme il plaira aux Critiques. Il le mit au pied de son maître. Ce poisson étoit d'une grandeur infinie, & d'une figure que je ne connoissois pas. Motacoa prit le genoüil du chien, qui flaté de cette caresse le remercia à sa façon; & ayant mis le doigt dans une des oüies, il en arracha quelque chose qu'il jetta à Falbao, lequel parut le manger avec beaucoup de plaisir & d'appétit; & ce repas achevé, que je trouvai très-frugal pour sa grosseur, il ressauta dans la mer où il fut long-temps sans reparoître, dont je fus d'u-

ne inquiétude exttême, me fen-
tant une inclination extraordinaire pour cet animal.

Il reparut bientôt avec un
poiſſon plus gros que celui qu'il
avoit rapporté ; il continua le
même manége pendant quel-
ques heures ; & lorſqu'il y en
eut une quantité ſuffiſante dans
le batteau, Motacoa ſe remit à
la mer, & en moins de rien nous
arrivâmes près des rochers dont
j'ai parlé. A meſure que nous
avancions, je diſtinguois que
les environs étoient cultivés,
& que ce devoit être une habitation. Nous y entrâmes par une
petite baye, qui nous amena
juſques ſur une grande place,
remplie d'un nombre infini de
peuple de la même couleur de
Motacoa. Mais ce qui me ſur-
prit & m'embarraſſa, c'eſt que
les femmes avoient le même
tein

tein, & que la femme de mon hôte ne leur reſſembloit en aucune façon.

A peine fumes-nous à bord, que pluſieurs arriverent & toucherent le genoüil de Motacoa. Dès qu'ils apperçurent mon habillement qui différoit du leur, ils mirent les bras en bas, & profererent pluſieurs paroles. Bientôt après, tout le peuple accourut, & chacun me (a) montroit du coude, en criant (b) clao, clao. Un d'entr'eux qui me parut le principal, parce que, dès qu'il parut, tout le monde ſe retira, me prit par le genoüil, & m'arracha (c) un

(a) Dans le pays on ne montroit du doigt, que la Divinité & le Roi ; & l'on employoit le coude pour les choſes ordinaires.

(b) Voyez, voyez.

(c) On ne pouvoit donner une marque

I

poil de mes cheveux. Motacoa à cette cérémonie se ren-
versa sur le dos, & étendit les
bras sur sa poitrine ; ensuite il se
releva, prit le principal dont je
viens de parler, par le (a) toupet,
& il lui secoua la tête avec force. Le Sauvage content de cette politesse, entra dans le batteau, où il choisit le plus gros
des poissons ; après quoi il se retira.

J'étois trop jeune pour faire
une attention exacte à toutes
ces choses ; elles ne me revin-

plus distinguée à un quelqu'un, que de
lui arracher un cheveu ; & lorsqu'on le
gardoit, c'étoit dire que la personne à
qui on l'ôtoit, étoit fort avant dans le
cœur.

(a) Il n'y avoit qu'au Roi à qui on
rendoit cet honneur. Cependant leurs
ministres par succession de tems se faisoient arracher le toupet.

rent, que lorfque j'eus appris la langue du païs.

Le peuple (*a*) libre d'aborder le batteau, apporta plufieurs denrées diverfes, propres à l'ufage de la vie. Les marchés furent bientôt conclus ; & Motacoa ayant échangé fon poiffon, nous rentrâmes dans le batteau, & revînmes à notre habitation : nous trouvâmes la femme qui nous fit à fa façon toutes fortes d'accueils. La nuit étant venüe, l'on alluma une efpece de flambeau, qui rendoit une lumiere vive, & dont l'odeur étoit fort agréable. Nous mangeâmes au bord de la fontaine un potage compofé de ris & de la poule dont j'ai

(*a*) Perfonne ne pouvoit dans un marché troquer ou échanger, que le Kiaouf ou Gouverneur n'eût pris ce qui lui convenoit.

parlé ; l'eau du rocher servit à nous desaltérer ; elle étoit piquante & vive ; & je n'en eus pas plûtôt bû trois coups, que je me sentis assoupi avec une espece d'yvresse, qui me plongea dans un profond sommeil.

Il seroit inutile, ô mon cher Sinouïs, de vous faire le détail de la vie que je menai pendant dix ans que je restai dans cette habitation ; j'appris la langue de Motacoa avec une si grande facilité, qu'au bout de deux ans je la parlai aussi-bien que lui. L'inclination que mon hôte & sa femme avoient pour moi, m'avoit prévenu d'une si forte tendresse pour eux, que j'en avois oublié, pour ainsi dire, ceux ausquels je devois le jour. Je fus élevé dans la religion & les mœurs du païs ; & lorsque je fus initié à leurs usages, Motacoa me donna les marques de la plus parfaite confiance. Je veux, ô mon cher Lamekis, me dit - il un jour, vous donner des preuves de la tendreſſe que j'ai pour vous, en vous rapportant mon hiſtoire, & en vous donnant une glorieuſe part à l'événement le plus intéreſſant de ma vie. L'intérêt que vous y devez prendre, eſt le plus touchant : la mort de votre pere..... O Ciel ! m'écriai-je, que me dites - vous ? Lamekis n'eſt plus, & vous me l'avez caché ſi long-temps ! Par quelle barbarie affreuſe ?..... Vos pleurs ſont légitimes, interrompit le Sauvage, auſſi-bien que le reproche que vous me faites ; mais je ne vous connoiſſois pas aſſez pour vous apprendre ce funeſte ſecret. Le temps de la vengeance n'étoit pas venu ; il

I iij

s'approche, & bientôt je vous donnerai les moyens de punir les perfides meurtriers. Ecoutez-moi; mon histoire vous apprendra la fin tragique de votre pere.

Je suis fils de (*a*) l'Houcaïs ou Roi des (*b*) Abdalles. Son Royaume est fondé par le grand (*c*) Vilkhonhis, que nous reconnoissons pour l'Etre universel. L'étendue de ses Etats est immense : mon pere commandoit à tous les peuples qui habitent cette espace de rocher, que je vous ai fait voir de la

(*a*) Signifie en langue du païs, Calif.

(*b*) Les Abdalles, peuple près du Zenit.

(*c*) Les Abdalles ne reconnoissoient qu'un Etre universel, qu'ils nommoient Vilkhonhis ou pere de lumiere. L'on verra dans la seconde Partie le sentiment qu'ils avoient de la Religion.

montagne (*a*) Collira , & sa puissance étoit sans limites. Ma mere étoit une (*b*) blanche qui lui avoit été amenée des climats lointains ; & pour laquelle il prit une passion si violente, qu'il l'épousa.

L'amour se trouva d'intelligence avec l'hymen : leur bonheur étoit parfait;& s'il s'élevoit entr'eux quelques contestations , elles ne prenoient jamais leurs sources , que dans leur passion mutuelle , se disputant l'un & l'autre à qui aimoit le mieux. Un jour que la Reine vouloit l'emporter sur ce sujet, elle dit au Roi : eh ! bien le fruit que je porte , en décidera. Si le gage de notre amour

(*a*) De glace.

(*b*) Les peuples de ce païs étoient bleus.

réciproque eſt bleu, c'eſt une preuve indubitable que j'aime davantage : & ſi l'enfant eſt de ma couleur, je conviendrai que votre tendreſſe eſt au-deſſus de la mienne. L'Houcaïs accepta ce moyen, & l'on attendit avec impatience le moment qui devoit décider de ce point important.

Je vins blanc au monde. Comment cela ſe peut-il, interrompis-je, vous êtes de la couleur des peuples de ce païs ? Vous en apprendrez la cauſe dans les ſuites, reprit Motacoa : ce n'eſt que par artifice que je ſuis bleu, & ce n'eſt que pour conſerver vos jours qu'on vous a teint de cette couleur.

Ma mere fut tranſportée de plaiſir à ma vûe ; elle fut charmée d'avoir perdu la gageure, par la tendreſſe extrême qu'elle

avoit pour mon pere. Le Roi
prit la chose bien différemment;
il tomba dans une morne tris-
tesse ; sa jalousie lui fit naître
mille soupçons sur ma naissance ; il fut pendant quelque
tems à méditer des actes de
vengeance. Depuis le jour fatal que j'etois venu au monde ,
il n'avoit point vû la Reine ; elle
fondoit en larmes , ne pouvant
imaginer par quel endroit elle
avoit perdu son amour. Mais
quel fut le surcroît de sa surpri-
prise & de sa douleur, lorsque le
premier (*a*) Kirzif vint se présenter à ses yeux avec le redoutable (*b*) Kirmec à la main. Que

(*a*) Visir.

(*b*) Lettre de cachet. On n'en donnoit jamais , qu'elle n'annonçât la mort.
C'étoit une feüille dont l'arbre étoit gar-
dé chez le premier Ministre ou Kirzif, &
qui étoit la marque de sa puissance. Il

vois-je, s'écria cette Princesse infortunée ! La grandeur
de mon amour attire-t-elle
le comble de mes disgraces ?
Quoi ! je suis condamnée à perdre la vie ? Ah ! Madame, s'é-
cria le Kirzif, que je suis malheureux d'occuper le rang où je
suis placé ! Que ne m'est-il permis de descendre à votre place
dans l'affreux (a) puits Houzail !

étoit conservé dans un pot d'une grandeur prodigieuse, & enfermé d'une ba-
lustrade de fer fort serrée, dont le Roi
portoit a clef au col. Lorsqu'il vouloit
se défaire de quelqu'un, il alloit lui-même chez le premier Ministre, ouvroit la
grille, arrachoit une feuille & la pressoit
sur son visage, dont elle recevoit d'abord
l'empreinte qu'elle conservoit toujours.

(a) Le fameux puits Houzail est une
bouche de la terre si profonde, qu'on n'en
a jamais trouvé le fond. Il paroît que
l'Auteur a voulu badiner sur la credu-
lité des peuples des environs de ce puits,
qui prétendent tirer leur origine de Motacoa, & qui débitent les fictions qui
suivent.

Houcaïs vous condamne à cet affreux supplice avec le Prince votre fils. Il vous croit adultere, & il a juré par le grand Vilkhonhis qu'il sacrifieroit dorénavant tous les Blancs qui tomberont entre ses mains, se flatant que dans le grand nombre de ceux qu'il fera périr, se trouvera peut-être celui qu'il suppose être l'auteur de sa honte & de la naissance du Prince. O Ciel! s'écria Hildae, (c'est le nom de ma mere) ô comble de desespoir! Tant d'innocence & de vertu doivent-elles se payer par tant d'ingratitude?

Les plaintes furent inutiles. Houcaïs avoit affermi sa puissance à un tel point, & il étoit si absolu, qu'il n'étoit comptable de ses actions qu'à lui - même. Le peuple eut beau murmurer & gémir d'un si coupable Arrêt;

il fut éxécuté. On defcendit la Reine dans une corbeille avec moi dans le puits fatal ; on donna, felon la coutume, des vivres pour huit jours ; & au lieu de mille braffes de cordes, dont on fe fervoit ordinairement pour filer la corbeille dans l'abîme, en faveur de la qualité de la criminelle on en nombra trois mille : ce qui n'étoit jamais arrivé, & ce qui nous fauva la vie.

Nous fumes (a) trois jours & trois nuits à defcendre dans le centre de la terre ; le quatriéme, la corbeille s'arrêta fur le fommet d'une montagne. La Reine qui croyoit à tout mo-

(a) Le Lecteur doit ici faire attention, que l'Auteur met trois jours à faire defcendre la corbeille pour atteindre le fond d'Houzail, & qu'il ne fait mettre qu'un jour à Motacoa & à Lodaï pour y rentrer. C'eft une faute effentielle de combinaifon, & qui ne fe comprend pas.

ment périr, se sentant à terre,
me prit entre ses bras, sortit
avec précipitation du panier
& s'enfuit, dans la crainte que la
chûte de la corde qu'on laissoit
tomber ordinairement , lorsqu'on étoit à sa fin , ne nous
donnât la mort, dont il sembloit
que le Ciel nous préservoit par
un miracle. Sa précaurion fut
salutaire; une heure après elle se
précipita avec un fracas horrible.

Dès qu'Hildae fut revenue de
sa premiere frayeur , elle porta
ses yeux sur les objets qui l'environnoient ; ils étoient horribles. La terre n'étoit semée que
d'os & de têtes de morts, & la
montagne ne sembloit élevée
que des corps des malheureux
qui y avoient été précipités.
Spectacle glaçant pour une
femme dans la situation où ma
mere se trouvoit. Elle descen-

dit avec précipitation ; & à mesure qu'elle s'éloignoit, des objets nouveaux & rians se présen-
toient à sa vûe. La terre étoit
grasse, douce & diversifiée de
mille couleurs brillantes. Les si-
tuations du jour qui perçoit, oc-
casionnoient une varieté d'om-
bres & de clair, qui auroit eu
des charmes pour un esprit
moins prévenu de malheurs ;
mais Hildae effrayée du sort qui
la poursuivoit, étoit si troublée,
qu'elle ne faisoit pas trente pas,
qu'elle ne revînt à l'endroit dont
elle étoit partie. O dieux ! s'é-
cria-t-elle, que vais-je devenir ?
Mon innocence ne touchera-
t'elle point le grand Vilkhonhis ? Et puisque par un miracle
étrange il m'a préservée de la
chute fatale, ne dois-je pas es-
pérer qu'il achevera son ouvrage ? Cette réfléxion l'encoura-

gea, & elle jetta avec confiance ses regards sur les admirables
objets qui la frapperent.

Elle vit avec surprise une
voûte au - dessus d'elle d'une
hauteur immense, au travers de
laquelle il paroissoit oblique-
ment des ouvertures de distan-
ces disproportionnées. De quel-
ques-unes il tomboit des chu-
tes d'eau, dont les jours réflé-
chis les éclairoient de mille
couleurs diverses. D'autres s'é-
couloient en serpentant, & sembloient ne pouvoir quitter les
crouttes ausquelles elles sembloient attachées. Dans un endroit plus éloigné couloit de la
voûte en bas un torrent, qui
avoit l'air (a) d'argent massif.
Cette liqueur étoit d'un brillant
si éclatant, qu'à peine en pou-
voit-elle soutenir la vûe. Hildae

(a) Vif argent,

s'amuſa quelque temps (ſi l'on oſe ſe ſervir de ce terme) à conſidérer ces prodiges ; mais bien d'autres choſes firent naître ſon étonnèment ; en tournant les yeux vers la gauche, elle vit une (*a*) mer de feu dans laquelle un grand nombre de fleuves venoit ſe rendre : tous les environs étoient couverts d'une fumée ſombre & violette , & l'agitation de ces flâmes ſembloient faire mouvoir la terre. Elle vit en rapprochant ſa vûe , des (*b*) colonnes d'eau tranſparentes & moins agitées que les premieres , dont les unes ſembloient deſcendre , & les autres monter. Tous ces miracles de la nature étoient trop variés , pour qu'elle pût en ſi

(*a*) Feu central.

(*b*) L'ame végétale , ou les eſprits.

peu de tems en faire l'analyſe,
& ſa ſituation trop preſſante
pour lui laiſſer la liberté d'eſ-
prit de les conſidérer plus long-
temps.

Cependant le temps que j'a-
vois été ſans avoir de nourriture, m'avoit affoibli : ma mere
s'en apperçut ; & reconnoiſſant
trop tard que le déſir qu'elle
avoit eu de ſe préſerver de la chûte de la corde fatale, lui avoit
fait oublier de prendre le peu
de proviſions qu'on avoit coutume de mettre dans la corbeille,
elle tomba dans le deſeſpoir, &
jetta des cris affreux. Elle fit
de vains efforts pour réparer
ſon peu de précaution, en remontant ſur le lieu où elle les
avoit laiſſées : ſa recherche fut
inutile, & ſa foibleſſe ne lui permit pas d'aller plus loin. Elle
quitta ce lieu terrible, en con-

tinuant ses clameurs ; mais quelle fut sa surprise d'entendre une voix éloignée, qui lui cria : patience , je suis bientôt à vous : elle tourna avec précipitation la tête, & elle vit un homme de l'autre côté du ruisseau, qui s'avançoit avec vivacité ; elle tressaillit de joïe. O Vilkhonhis! s'écria-t'elle, c'est toi qui vient me secourir : elle fut à sa rencontre ; & à mesure qu'elle s'approchoit vers cet homme, elle distinguoit des traits semblables à ceux des peuples du païs dont elle venoit d'être proscrite. Ah! sans doute, se dit-elle intérieurement , c'est quelqu'infortuné comme moi, qui par un miracle semblable échappe à la rigueur du sort auquel il étoit peut-être injustement condamné. En faisant cette réfléxion, elle se trouva vis-à-vis de lui. O Ciel, s'écria l'inconnu en reculant deux pas, que vois-je? La Reine! Qu'en dois-je croire? Et quelle avanture horrible l'a précipitée dans ces lieux? Helas! reprit ma mere, ne remettant pas l'inconnu, qui êtes - vous? Et d'où vient que j'entends prononcer mon nom dans un endroit si honteux à ma gloire, & qui par l'hommage qu'on me rend dans l'état où je suis, acheve de me couvrir d'opprobre? Comment, Princesse, reprit l'inconnu, quelle que soit la cause qui vous présente à mes yeux, elle ne peut qu'être glorieuse. Le grand Vilkhonhis ne protege pas des criminels, & ne fait pas des miracles en vain. Condamné par l'iniquité à une mort certaine, vous me voyez comme vous, échappé au supplice;

le Ciel m'a préfervé de la chûre
fatale, & m'a donné des fecours jufques dans le fein de
l'impuiffance; ma vertu triomphe, & mes ennemis en croyant
me détruire, m'ont procuré une
vie cent fois plus tranquille,
que celle dont ils ont crû me
priver. Venez, Princeffe, venez dépofer entre mes bras un
fardeau précieux, & qui ne peut
être que mon Prince légitime,
puifqu'il eft le compagnon infortuné de vos miferes. Il me
prit entre fes bras, & convia ma
mere à le fuivre, en lui contant
par quelle avanture il fe trouvoit comme elle, habitant de
ces lieux inconnus. Depuis cinq
ans que l'injuftice l'y avoit pré-
cipité, il connoiffoit tous les détours monftrueux de ce monde
interne. Ses avantures feules
feroient fuffifantes pour former

des volumes. Il s'appelloit
Lodaï ; il avoit été miniftre
d'Houcaïs ; fa faveur & fa probité lui avoient attiré des ennemis. Honnête homme & fans
diffimulation , il n'avoit jamais
voulu fe faire aimer aux dépens
de fon maître ; fa fermeté pour
fes intérêts les lui avoit attirés.
Il étoit trop éclairé pour igno-
rer les pratiques qu'ils mettoient
en ufage pour le détruire , & il
vouloit que fa droiture & la
bonté du Roi prévaluffent fur
leur calomnie. Le Prince leur
réfifta pendant long - temps ;
mais enfin il fut fufceptible des
foupçons qu'on fit naître dans
fon efprit fur fa fidélité. Jamais
Prince n'avoit été plus jaloux de
fon autorité , qu'Houcaïs. On
lui fit entendre que Lodaï tra-
vailloit à ufurper le trône : on
fuppofa une conjuration , dont

on le feignit le chef. Son Secretaire de complot dans cette trame donna de la vrai - semblance à cette trahison ; elle eut tout le succès que ses ennemis en avoient attendu. On lui fit son procès ; & malgré son innocence, ses Juges iniques & gagnés le convainquirent du crime de haute trahison , & il fut condamné à descendre dans le puits d'Houzail. Son bonheur, ou, pour mieux dire, le Ciel permit que lorsqu'on lâcha la corde, elle s'accrocha à une branche cruë entre les fentes du rocher, qui fut cause que la corbeille précipitée ne se trouva qu'à quatre pieds de terre ; il lui fut aisé d'en sortir, & de sauter sur la montagne, & par un miracle inoüi jusqu'alors il fut le premier qui habita dans le centre de la terre. C'est de lui que nous tenons la connoiſſance des prodiges dont on eſt aujour-d'hui ſi fort émerveillé, & dont je parlerai dans un autre lieu.

Après que Lodaï eut appris à ma mere toutes ces choſes, il la conduiſit ſur les bords d'un ruiſſeau dont la liqueur, couleur de roſe, couloit ſur un ſable d'or pur. Le jour éclairoit perpendiculairement cette partie intérieure de la terre ; & la voûte étoit ſi élevée dans cet endroit, qu'à peine pouvoit-on la diſcerner. Une montagne de minéraux, dont la partie dominante étoit de ſouffre & de bitume, étoit voiſine de ce ruiſſeau. Lodaï avoit conſtruit dans l'intérieur une demeure aiſée & commode ; & la connoiſſance qu'il avoit acquiſe des environs du lieu, lui avoit fait imaginer tout ce qui pouvoit

fervir à la vie. Il conduifit Hildae dans cet azile; & l'ayant fait
mettre fur un lit compofé d'une
mouffe de la derniere fineffe : il
me donna d'une eau que je n'eus
pas plûtôt avalé, que je ceffai
mes cris; enfuite il parla à ma
mere en ces termes.

Voici l'azile, ô grande Princeffe, que ma patience & ma
Philofophie fe font fait, & où
je vis cent fois plus heureux,
que dans le rang que vous m'a-
vez vû occuper. Ici je fuis Roi;
l'étude à laquelle je me fuis attaché dès le commencement
de ma vie, m'a donné la connoiffance de la nature. Dès que
je me fuis vû profcrit & préfervé, le defir de conferver des
jours qu'il fembloit que le Ciel
protégoit, m'a fait rechercher
les alimens qui pouvoient les
prolonger. Le peu de provi-
fion

ſion qu'on donne à ceux qu'on précipite, a ſuffi à peine pour me donner le temps d'en trouver d'autres. Mais peut-on périr, lorſqu'on eſt ſous la protection du Ciel ?

Le troiſiéme jour que je fus errant dans ces lieux, je m'arrêtai ſur les bords de ce ruiſſeau. Je vis ſortir de cette eau ſurprenante une eſpece de poule, qui fut ſuivie de pluſieurs autres; la ſingularité de leur figure & la nouveauté de la choſe fixerent curieuſement mon attention. Je les conduiſis des yeux, elles battirent les aîles, & l'air embaumé de cette eau me fit reſpirer une odeur agréable; elles folâtrerent pendant quelque temps ſur les ſables dorés de cette petite riviere; leurs plumes étoient incarnates mêlées de noir, & leur tête de la même

L

couleur ; elles avoient deux
becs , & celui de deffous étoit
recourbé. : leur marche reffembloit affez à celle d'un canard:
elles s'éloignerent bientôt de
moi les unes après les autres. Je
me levai , & je fus curieux d'apprendre ce qu'elles devien-
droient ; elles fe jetterent dans
un chemin creux , dont le cail-
lou reffembloit à de la nacre de
perle ; au bout d'un quart de
(*a*) karies elles entrerent dans
le tronc d'un arbre , dont à peine fix hommes auroient pû em-
braffer la circonférence. Le
trou par où elles pafferent ,
étoit fort petit , & les obligea
d. fe baiffer. Dès que je vis ces
poules renfermées dans cet arbre , je réfolus de tâcher d'en
attraper une. Je m'approchai du
trou , & je regardai dans l'inté-

(*a*) Lieues de cinq mille pas.

rieur; il étoit entiérement creux
& fort vaste ; & le jour qui
l'éclairoit en différens endroits,
me fit appercevoir un nombre
infini de ces animaux, avec une
multitude de petits de la même
espece. Le bruit qu'ils faisoient,
étoit assez semblable à celui
des pigeons. Après avoir été
quelque temps à les examiner,
je fermai le trou avec de la
mousse qui couvroit les écor-
ces de l'arbre, en attendant
de quelle maniere je m'y pren-
drois pour en saisir quelqu'une.
En élevant les yeux au Ciel, je
fus surpris de la beauté & de la
hauteur de cet arbre ; ses feuilles avoient plus de quatre aul-
nes de long, & deux de large ;
j'en coupai une avec mon cou-
teau ; (car ce fut en vain que
je voulus l'arracher.) Vous pou-
vez voir, continua Lodaï, par

mon habillement , & par les
meubles que j'en ai faits, sa qualité & son usage. Cette découverte me fit un plaisir infini ;
mais le fruit qui y étoit attaché,
m'en donna bien davantage. Ce
ne fut pas sans peine que j'en
pus avoir, à cause de leur éléva-
tion. J'en abbatis quelques-uns
à coups de pierre, & je fus long-
temps à les ramasser, tombants
par bonds comme une balle de
paume, à la différence, qu'ils
ressautoient si souvent, & d'une
façon si imprévûe, que lorsque
je mettois la main dessus, ils
m'échappoient. Dès que je fus
possesseur d'un de ces fruits, je
le considérai avec une singu-
liere attention ; il étoit leger,
& de la grosseur du melon des
Indes. Dès que je l'eus ouvert,
il en sortit une liqueur transpa-
rente & claire. J'avois une si

grande foif, que l'ayant partagé, j'y trouvai abondamment
de quoi me defalterer. Je n'en
eus pas plûtôt bû, que je me
trouvai dans une efpece d'y-
vreffe, laquelle m'ayant provo-
qué à un fommeil profond, je
m'étendis au pied de l'arbre, &
je m'abandonnai au repos.

Je ne goûtai pas long-temps
la tranquillité que je m'étois
propofée; je fus éveillé en fur-
faut par des cris épouventables,
qui fe faifoient au-deffus de moi;
j'ouvris les yeux, & je vis l'arbre couvert des poules dont j'ai
parlé, elles fautoient de branches en branches avec une inquiétude extrême. Je confidérai
quelque temps leur manége; &
je conjecturai qu'ayant trouvé
le trou bouché, elles étoient
forties par le haut de l'arbre: je
l'ouvris pour voir fi les chofes

n'étoient point changées ; elles
étoient toutes montées vers le
haut , & le bas étoit defert ; un
des petits étoit à l'entrée , qui
s'étoit apparemment tué en
tombant. : je le pris ; & après
l'avoir examiné , je ne fus plus
furpris de leur murmure ; il provenoit de ce qu'ils ne pouvoient
s'envoler , leurs aîles étant des
nageoires qui fe reploient les
unes fur les autres , & qui ne
pouvoient leur fervir que pour
nager. Leur dos feul étoit couvert de plumes , & leur ventre
d'écaille de poiffons je jugeai par
leurs griffes & par la douceur de
leur peau, qu'elles devoient être
excellentes au goût , & l'expérience m'a fait connoître que je
ne m'étois pas trompé.

Après cet examen , je revins
au fruit dont j'ai parlé : j'avois
faim, & fa liqueur avoit réveillé

mon appétit. J'avois envie d'essayer si ce fruit étoit aussi bon que sa couleur & que son jus le promettoit: j'en mangeai avec plaisir, & je trouvai son goût semblable au pain de ris que nous faisons dans nos contrées. Jugez, ô Reine, de ma joye; car enfin qu'est il de plus vif que de pouvoir conserver ses jours? Muni d'une demi douzaine de ces fruits, j'allois quitter cette arbre admirable, pour retourner à la demeure où nous sommes, que j'avois déja choisie, lorsque je vis sortir les poules par le trou que j'avois laissé ouvert. Je m'approchai doucement d'elles: mon abord ne les effraya point, & j'en pris une sans résistance; je la flatai, & sa douceur fut extrême. Je fus au rocher chargé de mon riche butin en faisant mille réfléxions

confolantes fur les acquifitions
que je venois de faire, Que
vous dirai - je enfin, grande
Princeffe ? Avec le tems & du
travail je me fuis peu à peu ha-
bitué à cette demeure fou-
terraine. Mon fruit deffeché,
s'eft trouvé une farine toute
mouluë, avec laquelle je fais du
pain. L'obfcurité de la nuit m'a
découvert de l'autre côté du rocher un feu de bitume, qui brûle
perpétuellement ; & qui outré
qu'il me donne les moyens par
un four fabriqué par la nature,
de faire mon pain, & de cuire
les viandes exquifes que j'ai dé-
couvertes, fert encore à m'é-
clairer par une efpece de poix
qui file dans des veines, laquelle étant allumée me procu-
re une clarté brillante, d'une
odeur agréable & faine pour la
fanté. Depuis mon féjour dans

ces lieux, je ne me suis pas en-
nuyé un moment : mes livres
font les merveilles & la connoissance de cette terre intérieure ; & quand je vivrois quatre âges d'homme, je trouve-
rois encore tous les jours des
choses nouvelles. Chaque fois
que je sors, je rapporte quelque nouveau prodige ; & comme toutes ces raretés font en
trop grand nombre pour en faire l'examen qu'elles méritent, je
les rassemble dans un cabinet
vaste & profond, que j'ai pratiqué dans ce rocher, où je vais
me délasser de mes courses, &
où je fais ma joye & tous mes
plaisirs. Je souhaite que dans
votre retraite, ô Princesse, vous
trouviez les mêmes agrémens
dont je me loue aujourd'hui.
Oubliez un rang, qui dans le
vrai n'est qu'une pure chimere,

& qui ne produit que de faux plaisirs, n'étant que trop certain, lorsqu'on en fait l'examen sans préoccupation, qu'on ne peut être véritablement heureux, lorsque la félicité dépend des choses qui font hors de nous. L'expérience que j'en ai faite, me l'a prouvé; & j'espére que vous en conviendrez, avant qu'il soit peu.

Lodaï finit ainsi, & consola par ses sages discours Hildae des malheurs qui l'occupoient. Ce qui la calma entiérement, fut la facilité avec laquelle je m'accoutumai à la nouvelle nourriture que l'on me donna : non-seulement elle ne m'incommoda point, mais même elle me fit si bien profiter, que je grandissois à vûe d'œil. Douze ans se passerent dans une tranquillité profonde, & qui ne furent troublés ni par les maladies, ni par les soins qui nous agitent toujours dans le monde. Je fus élevé par le sage Lodaï ; il me donna les connoissances qu'il avoit acquises ; & lorsque je fus dans une âge raisonnable, l'on m'apprit ce que j'étois né. Ils furent surpris de la vivacité avec laquelle je fus sensible à l'injustice que le Roi avoit faite à ma mere : j'en montrois un ressentiment qui altéroit quelquefois notre quiétude ; & la fin de nos conversations, lorsqu'elles rouloient sur ce sujet, étoit toujours suivie par les protestations de ma part, que si jamais mon étoile me faisoit revoir la lumiere, j'employerois ma vie pour remettre ma mere dans une place que sa vertu méritoit. Lodaï me remontroit en vain qu'il ne falloit pas songer à de pareilles chofes, & que l'impoſſibiljté de retourner ſur la terre, étoit certaine : je branlois la tête à cette prédiction, & je répondois toujours que j'avois un preſſentiment que cela arriveroit. L'événement a juſtifié que je penſois juſte, & qu'une ſecrete intelligence me donnoit une lueur de l'avenir.

A meſure que j'avançois en âge, mes réfléxions ſur tout ce que Lodaï m'avoit enſeigné, s'étendoient & s'arrêtoient ſur tous les objets qui s'offroient à mes yeux. Il m'avoit appris la Philoſophie, mais une Philoſophie naturelle, qui n'étoit point hériſſée de mots, mais de choſes aiſées à tomber ſous les ſens, & j'étois ſi fort occupé des miracles qui ſe préſentoient journellement à mes regards, que j'en oubliois ſouvent juſqu'aux foins de ma confervation. Les recherches que je faifois, m'éloignoient quelquefois de notre demeure de plus de dix ou douze karies : il m'étoit arrivé déja deux fois de m'égarer; ma mere & Lodaï qui m'aimoient tendrement, & dont l'inquiétude avoit été extrême, m'avoient conjuré fi fortement de ne leur plus donner ces allarmes, que je fus un temps fans m'écarter, & fans manquer à revenir coucher au domicile.

Un jour que j'étois entré dans la crevaffe d'un rocher, dont le fentier étoit aifé & fpacieux, je trouvai une (a) veine mobile, où fluoit une liqueur fi belle & fi parfaite, que je voulus en trouver la fource ; elle étoit épaiffe, & fa couleur étoit d'or,

(a) Il paroît que l'Auteur veut parler de la production de l'or,

Mais ce qui m'étonna, c'est qu'au lieu de suivre la pente naturelle, cette liqueur montoit d'un mouvement égal, & se portoit en ennaut, plus de trois karies en suivant son cours; & à mesure que j'avançois dans le sein de la montagne que des jours obliques éclairoient, le chemin s'élargissoit & devenoit de plus en plus rude. La fatigue me fit asseoir pour me reposer; & en jettant les yeux autour de moi, je vis au travers d'une fente du rocher quelque chose de si brillant, que j'y courus avec vivacité. Je n'eus pas plûtôt approché la tête, qu'un sifflement horrible, sortant de ce funeste endroit, me fit reculer deux pas : je découvris alors un animal terrible, qui se traînoit sur le ventre, & qui se replioit en plusieurs plis sur lesquels il sembloit rouler. Je me mis à fuir de toutes mes forces en remontant la montagne, parce que ce ver monſtrueux étoit derriere moi, & qu'il me ſembloit qu'il précipitoit ſes pas pour me ſuivre. Je regrettai alors de n'avoir pas ſuivi les ſages avis de Lodaï ; & je fis une ferme réſolution, que ſi je pouvois échapper à cet affreux danger, je ne m'y expoſerois plus : proteſtation de jeunes gens dans le péril, qu'ils oublient dès qu'il eſt paſſé. J'étois hors d'haleine ; cependant l'ennemi qui me ſuivoit, me gagnoit peu à peu ; le bruit qu'il faiſoit en ſe traînant après moi, frappoit déja mes oreilles ; le ſifflement redoubloit ; j'étois à ma derniere heure, lorſqu'il parut au-deſſus de moi à quatre pas un autre animal d'une figure ſinguliere & bien différente. Je jettai un cri horrible à cette nouvelle apparition ; & ne sçachant plus que faire , je me refugiai dans un trou qui se trouva à ma gauche. L'effroi m'avoit troublé à un tel point , que me touchant de mes propres mains je crus que l'animal me saisissoit: j'en fremis ; mais bien d'autres soins occupoient mon ennemi; il étoit attaqué lui-même par un redoutable athlette , lequel droit sur ses pieds de derriere sembloit attendre un moment favorable pour lui porter des coups assûrés. Je vis le serpent ou ver se replier sur lui-même, & s'allonger sur son adversaire avec autant de force , qu'un ressort resserré s'échappe. Sa gueule étoit ouverte , & il sortoit de ce redoutable gouffre une langue armée de trois crochets

chets, dont la moindre des atreintes étoit capable d'atterer son ennemi. Falbao, ce meme chien que vous me voyez, ô mon cher Lamekis, (car c'étoit lui) comme un adroit luteur évitoit ses approches, en se jettant de côté dès que le ver se laissoit aller sur lui, & par cette adresse rendoit ses efforts impuissans, & le fatiguoit beaucoup. Cette façon de combattre, ayant encore duré quelque temps, Falbao fit tout à coup un saut de côté, se jette sur son ennemi, & de ses dents meurtrieres le coupe en deux. En vain les deux parties veulent se rapprocher ; l'adroit vainqueur en prend une, & la porte à trente pas. Après cette précaution, que son instinct lui dicta sans doute, il revint sur le champ de battaille ; il sem-

ble me chercher des yeux ; &
m'appercevant, apporte à mes
pieds la tête monftrueufe de
l'horrible ennemi. Il fe couche
en la confidérant, & me re-
garde avec des yeux qui paroiffent applaudir fa victoire. J'é-
tois dans une fituation d'efprit
fi troublée & fi indécife, que
mes fens ne m'étoient d'aucun
ufage ; la frayeur les ayant ref-
ferrés à un tel point, que j'en
étois infenfible. Nous reftâmes,
Falbao & moi, environ une
heure à nous entre-regarder:
l'animal fe laffant le premier
de cette attitude contrainte, fe
leva, fit trois pas en avant, &
revint : il fembloit me convier
de le fuivre, & par fes regards
adoucis me donner de la confiance. Une fuite de ma frayeur
me retenoit par la crainte d'en
être dévoré : je ne puis vous

rendre raison si la simpatie est la
cause du soin qu'il prit de me
rassûrer ; mais ce qui est de vrai
& de plus admirable, c'est qu'il
s'approcha de moi, remua la
queuë & me flata. Je hazardai
d'avancer la main pour le toucher ; il baissa la tête, & me
donna enfin tous les signes de
douceur dont il étoit capable.
Je m'enhardis à sortir de ma
place ; il marcha devant moi,
& je le suivis : je me trouvai si
las après avoir fait une karie,
que je me reposai sur les bords
de la veine d'or dont j'ai parlé.
Falbao en fit autant, & lapa
avec sa langue de la liqueur de
cette veine, & je le vis se tour-
menter à lécher le derriere de
son dos, sur lequel je remarquai une blessure. Ses efforts
étoient vains; son col n'étoit
pas assez souple pour y attein-

dre ; ſes geſtes & ſes yeux ſembloient implorer du ſecours. Je
pris de cet or liquide dans le
creu de ma main , & je lui en
frottai la partie affligée ; il s'é-
tendit , & me laiſſa faire. Il
avoit encore une bleſſure au
pied de derriere ; & je fus ſur-
pris qu'à meſure que je me ſer-
vois de ce remede , les playes
ſe guériſſoient. J'étois moi-même écorché dans un endroit ;
j'y mis de ce baume divin , &
je me trouvai ſur le champ ſou-
lagé.

Après être reſté encore quelque temps dans cet endroit ,
Falbao ſe leva , & je le ſuivis.
Après avoir fait encore quelques karies , jugez de ma ſurpriſe , ô mon cher Lamekis ,
lorſque je me trouvai ſur le
haut d'une montagne en plein
ciel : ce qui me perſuada que

j'étois dans les climats, dont ma mere & Lodaï m'avoient parlé tant de fois. Je fentis une fecrette joye, ce fpectacle fuperbe de la nature m'enchanta : j'étois immobile ; mes yeux fe portoient fur la vafte immenfité de l'hemifphere, & j'étois dans le comble de l'admiration de la beauté du jour qui l'éclairoit. Deux heures fe pafferent ainfi, fans pouvoir revenir de mon étonnement ; & fans une avanture nouvelle qui me tira de ma létargie, je n'aurois pas fi-tôt ceffé.

J'étois plongé dans cet extâfe, lorfque je me fentis toucher par un homme qui étoit de la même couleur de Lodaï. Je crus d'abord que c'étoit lui, & j'étendis les bras ; ils demeurerent fufpendus, ne reconnoiffant pas fes traits. Ah ! jeune

homme, que faites-vous ici?
s'écria l'inconnu? Fuyez : Où
courez-vous? A votre perte
certaine. De quel monde sor-
tez-vous? Pouvez-vous igno-
rer que vous êtes dans l'empire
d'Houcais, & qu'il y a ordre
d'arrêter & de conduire à la
ville capitale tous les Blancs,
pour y être sacrifiés? Jugez,
ô Lamekis, de l'impression que
ce discours me fit, ne me lais-
sant pas douter que j'étois dans
l'empire de mon pere, de ce
pere pour lequel j'avois conçu
une aversion que tous les sentimens de la nature n'avoit pû
empêcher, & que l'intérêt de
ma mere injustement proscrite
avoit fait naître dans le préjugé
de l'enfance, d'une mere qui
me devenoit d'autant plus che-
re, que la destinée m'arrachoit
de ses bras. Les dangers que je

venois de courir, avoient suspendu mes réfléxions ; mais le discours de l'inconnu les réveilla, & me fit sentir la perte que je faisois. O Ciel ! m'écriai-je, où est-il ce Roi barbare dont vous parlez, qui couvre ma mere d'opprobre, & qui la sacrifie à son injuste colere ? Où dois-je le trouver ? Ah ! tout jeune que je suis, mon indignation me donnera assez de force pour lui ôter une vie . . . . . Mais que dis-je, grands dieux ! C'est mon pere : Houcais m'a donné le jour . . . . . . Qu'entens-je, s'écria l'inconnu ? Que dites-vous ? Vous, fils du Roi des Abdalles ! Sans doute que la crainte vous trouble & vous égare. Mais, que vois-je ! Quels traits frappent mes regards ! Quelle ressemblance ! A la couleur près, je reconnois . . . . . .

Mais non, je m'abufe : Hildae a fini fes jours malheureux dans le profond Houzaïl, & fon fils a partagé fon fort. Mais, ô mortel, qui que vous foyez, fuyez, rentrez dans la caverne dont vous venez de fortir. Un autre moins compâtiffant que moi, vous arrêteroit. L'ordre eft général; depuis le jour funefte qu'Hildae notre Reine a mis un Blanc au monde, il ne s'en paffe point, qui ne foit marqué par le facrifice de plufieurs hommes de cette couleur. Tous les fujets du Roi font fes efpions; & les peines font fi rigoureufes contre ceux qui les laiffent échapper, que perfonne n'ofe hazarder de contrevenir à fes loix inhumaines : non-feulement il en coûte la vie, mais encore la perte de fon bien & de fa famille.

J'étois

J'étois resté immobile à ce discours; plusieurs réfléxions se faisoient dans mon esprit agité; malgré les préjugés, une voix intérieure s'élevoit dans mon cœur pour mon pere; mais la crainte inséparable du sort dont j'étois menacé, prédominoit. O vous! m'écriai-je, qui que vous soyez, protégez le fils d'une grande Reine, que la bonté céleste a préservée du sort qui lui étoit destiné. Vilkhonhis l'a sauvée du trépas: mais helas! à combien d'amertumes n'est-elle pas* à present en proye? J'étois sa consolation: elle me perd; que de pleurs répandus! O ma mere! que ne puis-je vous aller retrouver, & rendre le calme à votre ame! O Lodaï!.... Qu'entens-je, interrompit l'inconnu? Quels noms prononcez-vous? Hildaë

N

vivante, vous fon fils : quelle
preuve me donnerez-vous de
ces chofes extraordinaires ?
Mon hiftoire, repris je, celle
de Lodaï qui exifte : Lodai !
interrompit-il. Ah ! fans doute
que votre raifon égarée.....
Non, continuai-je avec impatience, il m'eft aifé de prouver
la vérité de ces chofes ; je puis
vous conduire par cette caverne dans le centre de la terre,
dont le puits d'Houzail éft une
bouche : là vous y verrez la
Reine & Lodaï. L'inconnu fe
récria de nouveau fur ces der-
niers mots ; il révoquoit tout
en doute, quand le hazard lui
fit jetter les yeux fur Falbao ;
fa figure inconnue pour lui jufqu'alors le fit frémir. Cet animal paroiffoit nous écouter, &
l'étranger ne faifoit pas un gef-
te, qu'il ne femblât vouloir le

dévorer ; il avoit la gueule en-
trouverte & béante , les yeux
furieux, & la colere le faifoit
écumer. J'avois été fi attentif
aux difcours de l'inconnu, que
je n'y avois pas fait moi-même
attention : je tremblai comme
lui, & je fus faifi d'une telle
frayeur , que je me laiffai aller
à la renverfe. L'animal accourut à mes pieds , & parut fi
doux & fi humilié , que je repris ma confiance. L'inconnu
avoit les yeux ouverts, & étoit
fufpendu entre la crainte &
l'admiration ; je le raffûrai , &
je lui contai par quelle avanture cet animal s'étoit attaché à
moi. Ces circonftances lui firent impreffion: je commence
à croire, me dit-il, qu'il y a du
merveilleux dans votre hiftoire;
je vous avouerai même que j'y
prens un tendre intérêt , fans

en deviner la raison. Je suis extrêmement curieux d'en sçavoir davantage ; mais il est trop dangereux pour vous de vous arrêter ici plus long-temps. Suivez-moi ; ma cabane est au milieu d'un desert voisin, où vous serez à couvert de vos persécuteurs. Là nous raisonnerons à fond de toutes ces choses ; & s'il est possible que vous me convainquiez que vous êtes le fils d'Houcaïs, vous connoîtrez que vous n'êtes point malheureux de me l'avoir persuadé. Quoique solitaire, je puis mouvoir bien des ressorts, & ce n'est pas sans dessein que je vis dans la solitude ; je forme des projets que vous approuverez, lorsque vous en sçaurez la cause, mais qui me rendroient criminels, si vous étiez effectivement ce qu'il femble que vous me paroiffez.

En achevant ces mots , l'é-
tranger me conduifit dans un
bois , où regnoit une fombre
obfcurité. Après un nombre infini de détours , nous arrivâmes
dans une petite vallée qu'une
riviere arrofoit de fes eaux ,
dans laquelle étoit fa retraite.
Il m'apprit en chemin , qu'il
étoit le premier Prince du fang
d'Houcaïs ; qu'il s'appelloit
Boldeon ; que le Roi , depuis
la difgrace de ma mere , avoit
époufé une feconde femme ,
dont il n'avoit pas d'enfant ;
qu'il en étoit amoureux jufqu'au
point qu'il avoit fait reconnoître le frere de cette Princeffe ,
nommé Ruraos, pour Houcaïs;
à condition que lui & fes fuc-
ceffeurs extermineroient tous
les Blancs qui pourroient fe
trouver dans fon Royaume ou

y aborder. Quelques mois après il s'est retiré avec la Reine dans (*a*) l'antre royal, & Ruraos est monté sur le trône, où il exerce un empire tyranique & qui est si odieux, que tous les nobles Abdalles ont tous aimé mieux fuir dans les Provinces éloignées, que d'obéir à cet usurpateur.

Lorsque nous fûmes arrivés chez Boldeon, & qu'il m'eut fait rafraîchir, il me fit conter avec empressement mon histoire; je l'appuyai de circonstances si naturelles, & la verité lui fit tant d'impression, qu'il me crut, & qu'il s'humilia comme devant son Prince légitime. Je l'embrassai; il me reconnut pour tel, & me jura qu'il ré-

(*a*) L'antre étoit une caverne, où les Rois lorsqu'ils étoient entrés, n'en ressortoient jamais.

pandroit son sarg pour me remettre sur un trône qu'on m'u-
surpoit. Il me fit part alors des
projets qu'il avoit formés pour
chasser le tyran , dès qu'Houcaïs auroit les yeux fermés ,
aussi-bien que des intelligences
contractées avec les principaux
des Abdalles : ce qui formoit
un parti si redoutable , qu'il
étoit impossible que Ruraos ne
succombât à de si puissans efforts. Boldeon avoit feint de
voyager dans les climats éloi-
gnés pour assûrer ses complots &
éloigner les soupçons. Sa retraite étoit inconnue ; près de la
Capitale & à portée de tous les
conjurés il communiquoit avec
eux, lorsqu'il étoit nécessaire ;
il me dit qu'il ne leur feroit
point part de mon arrivée ; qu'il
réservoit ce dernier coup pour
émouvoir le peuple , en cas que

la puiſſance du tyran prévalût;
mais qu'il étoit d'une conſéquen-
ce infinie de deſcendre dans le
ſein d'Houzaïl pour y chercher
ma mere & Lodaï, afin qu'ils ſer-
viſſent de preuve à ma naiſſance.
Non - ſeulement j'approuvai ce
deſſein, mais j'en fus tranſpor-
té, & nous réſolumes de tenter cette àvanture. Le jour ſuivant j'avois remarqué l'endroit
par où j'étois ſorti de cet abîme, & j'eſpérois qu'à force de
recherches je pourrois retrouver les lieux où j'avois été élevé : d'ailleurs je contois ſur la
fidélité de Falbao, qui m'en
donnoit à chaque inſtant des
preuves nouvelles; je connoiſſois ſa valeur, & nous comp-
tions qu'avec lui & les armes
que nous devions prendre il
n'y avoit aucun danger qu'il ne
nous fût permis d'affronter.

Mais, ô Sinouïs, nous ne pré-
voyions pas que le sein de la
terre étoit habité ; nous ne fumes pas long-temps à l'apprendre.

A peine le vesper paroissoit
sur l'horison, que nous sortîmes
de la cabane de Boldeon, char-
gés des provisions nécessaires
pour un voyage qui pouvoit
être long, en cas qu'on s'éga-
rât. Lorsque nous fumes à l'endroit où nous nous étions ren-
contrés, il ne me fut pas difficile de retrouver l'entrée de la
caverne. Après avoir fait quelques pas, nous rencontrâmes
la veine mystérieuse ; je la fis
remarquer à Boldeon, & je lui
appris l'effet miraculeux qu'elle avoit produit en guérissant
Falbao de ses blessures, lors de
son combat avec le serpent.
Ah ! Motacoa, me dit-il, que

vois-je ! Quel prodige ! Combien y a - t - il qu'on cherche
cette veine divine ? Ne regret-
tez point vos malheurs, puis-
qu'ils vous ont donné la connoiſſance de ce tréſor ; elle ſuf-
fit ſeule pour nous rendre les
plus heureux des mortels ; c'eſt
un des plus grands biens, auſ-
quels nous puiſſions aſpirer ;
cette veine contient le remede
univerſel ; & ceux qui en peuvent poſſeder, ſont aſſûrés de
paſſer la vie ſans maladie, &
de conſerver juſqu'au tombeau
une ſanté perpétuelle. En achevant ces mots, il en puiſa dans
ſa main, & il en but trois fois ;
il me convia de l'imiter : après
l'avoir fait, nous nous aſſimes
ſur une grande pierre, où nous
prîmes un repas leger. Falbao
ſe coucha près de nous ; & la
liqueur opérant, nous nous laiſ-

fâmes bientôt aller à un fommeil délicieux.

A peine fus-je livré aux douceurs du repos , qu'un rêve myfterieux vint agiter mes fens. Il me fembloit être dans un lieu de la terre intérieure , où j'allois fouvent avant que j'en fuffe forti. C'étoit un rocher dont la pierre étoit de talc , que les brillans & les curiofités qu'il renfermoit , me rendoit cher. Il y avoit dans le fond une efpece de creufet formé par la nature , dans lequel bouilloit perpétuellement de cette mine, laquelle épanchée par l'ardeur du feu fe congeloit dès qu'elle en étoit fortie , & recevoit des formes fi fingulieres , que je paffois quelquefois un tems infini à les examiner.

Je rêvois donc que j'étois dans cet antre , lorfque le fond

du rocher s'ouvrit avec un tremblement de terre, & me laissa voir une gallerie éclairée ; la voûte étoit parsemée de mille pierreries de couleur differente, qui rendoient un éclat si brillant, que les yeux pouvoient à peine en soutenir le feu. J'y entrai ; elle aboutissoit dans une grande salle ornée & décorée avec autant d'art, que si nos plus habiles ouvriers y eussent mis la main. Une table d'une seule opale étoit au milieu, devant laquelle étoit un fauteuil de nacre de perle d'un travail exquis : un livre ouvert, dont les caracteres étoient d'or, paroissoit sur cette table ; je m'en approchai, & me voyant seul, je ne pus résister à la curiosité de lire une Sentence qui étoit détachée : *Tu ne peux*, disoit-elle, *ô mortel, monter sur un trône qui* t'appartient, *sans que l'hymen à la face (a) d'Ascalisse ne t'y place.* Ses paroles me convenoient si bien, que je m'en fis l'application : O Vilkhonhis, m'écriai-je, que ta volonté soit faite ! A peine eus-je prononcé ces mots, que deux hommes aîlés parurent ; & tels que l'on nous représente les (b) Spilghis ; ils avoient le doigt sur la bouche, & ils me firent signe de les suivre. J'obéis ; ils me conduisirent dans un autre appartement, dont le lambris étoit orné de lames d'or, au milieu duquel étoit un lit où dormoit une femme d'une éclatante beauté. Son tein étoit couleur de rose & ses traits sans pareils ; je mis un genouil en terre , &

(a) Couleur de rose,

(b) Anges.

je contemplai cette jeune beauté avec des mouvemens jufqu'alors inconnus ; elle foupiroit, & fon fommeil paroiffoit inquiet. Je partageois, fans fçavoir pourquoi, les foins qui l'agitoient. L'un des Spilghis la frappa d'une verge de criftal qu'il avoit à la main, & elle s'éveilla en jettant un grand cri, qui fit difparoître les deux hommes céleftes. L'inconnue avoit un air d'émotion qui m'attendrit ; j'ouvrois la bouche pour la raffûrer, lorfque je me fentis enlever malgré les efforts que je fis pour me deffendre : l'inconnue s'étoit jettée à bas pour me fecourir, en faififfant un de mes bras; mais un coup de Zenguis coupa la main à cette divine perfonne, qui tomba en foibleffe. Je voulus venger cette perfidie, & je me retournai pour connoître le barbare, dont la fureur s'étoit manifestée par un attentat si affreux ; mais l'effroi du regard horrible d'un monstre entre les bras duquel j'étois, me saisit à un tel point, que je me réveillai en sursaut.

Boldeon qui attendoit avec impatience la fin de mon sommeil, fut surpris de mon agitation ; il m'en demanda avec empressement le sujet. J'étois si troublé, que je fus un long-temps sans lui répondre ; mais m'étant remis à la fin, je lui fis part de mon rêve. Ce n'est pas en vain, s'écria-t-il, que Vilkhonhis parle, & ce nouveau trait est une preuve assûrée de votre naissance : il est dit dans une de nos Prophéties, que d'une femme, couleur d'Ascalisse, naîtra un héros qui fera la félicité des Abdalles, & à qui l'empire fera redevable des biens les plus précieux. O Motocoa ! fi c'eft de vous que l'Oracle parle, que vous êtes heureux, & que vous me devenez cher & refpectable ! Marchons fous les aufpices de ce divin augure : le maître du foleil vous guide. Peut-on errer, lorfque l'on eft conduit par une main fi puiffante ?

Nous avançames en tenant de pareils difcours dans le fein de la montagne ; nous rencontrâmes bientôt le ferpent dont Falbao avoit triomphé ; il avoit encore vie, & fon regard mourant étoit redoutable. Le chien fe détourna, & fembloit m'inviter à en faire autant ; je fuivis fon inftinct qui me fut falutaire ; car l'horrible ferpent s'élança dès qu'il nous vit, & donna de fa langue fourchue dans un

morceau

morceau de rocher qui en écla-
ta ; nous doublâmes le pas, &
après trois karies ou environ,
nous nous trouvâmes hors de
la caverne.

J'allois prendre un chemin
que je crus reconnoître, &
que je croyois qui pourroit me
conduire à la grotte de Lodaï,
lorfqu'en me détournant je ne
vis plus Falbao ; une inquiétude mortelle s'empara de moi.
Je m'étois accoutumé à cet
animal, & je l'aimois ; je l'appellai de toutes mes forces en
pleurant. Boldeon courut aux
environs pour le chercher ; j'en
fis autant. Il faifoit nuit, & nous
nous égarâmes. J'eus beau
crier, perfonne ne répondoit à
ma voix. O Ciel ! continuai-je,
me voilà donc de nouveau en
proye à mes malheurs. Falbao,
Falbao, que les Dieux m'a-

voient donné pour ma confo-
lation, je ne vous verrai donc
plus ! Et vous, ô Boldeon,
que j'ai conduit dans ce defert
affreux, qu'allez-vous devenir!
Errant, & fatigué autant par
mes regrets que par le chemin
que j'avois fait, je me couchai
par terre, accablé de douleur,
& fermant les yeux d'ennui &
d'effroi.

La laffitude & les larmes
commençoient à m'affoupir,
lorfqu'un bruit fourd & violent
frappa mes oreilles. J'ouvre les
yeux ; ô Ciel ! que vois-je à la
clarté des feux fouterrains !
Quel fpectacle effroyable ! Un
homme (l'appellerai-je de ce
nom ?) s'avance vers moi. Il
avoit la tête, les bras, la poitrine comme les humains ; mais
le refte du corps reffembloit à
un ver de terre, excepté qu'il

étoit de la grosseur de celui
dont Falbao avoit triomphé. Il
étoit d'une grandeur énorme,
& l'extrêmité de son corps le
faisoit marcher par ses replis ;
tantôt il se traînoit avec ses
mains, & tantôt il se dressoit.
Son nez étoit extrêmement
gros & épaté, & finissoit par
une pointe qui alloit recouvrir
sa lévre supérieure. Ses yeux
étoient ronds & petits, & ils
étoient environnés d'un sourcil
épais qui tournoit à l'entour.
La couleur de ce visage effroyable étoit d'un rouge mar-
bré, & sa barbe, ses cheveux,
& le poil dont il étoit couvert,
se confondoient ensemble. Je
ne l'eus pas plûtôt envisagé,
que je me sauvai de toute ma
force en jettant des cris, & en
tournant de temps en temps la
tête ; mais tôt ou tard j'aurois

été la proye de ce monstre. Il s'appuyoit sur les deux paumes de sa main; & s'élançant faisoit des bonds si prodigieux, que j'en allois être atteint, lorsque contre toute espérance je vis accourir Falbao à mon secours. Quelle fut ma joye! Dès que l'homme-ver l'apperçut, il fit un saut en arriere, & se sauva précipitamment. Falbao suivit ses traces; j'en fus ému, & je l'appellai de toutes mes forces. Sa présence me rassûroit trop, pour ne pas craindre de le reperdre une seconde fois. Il revint; je le flatai, & cet aimable animal parut sensible à mes caresses; il marcha devant moi, & je le suivis avec confiance.

A peine avions-nous fait trente pas, que j'entendis des cris affreux. Je me préparois à fuir; mais je m'arrêtai, en m'entendant appeller par mon nom: je reconnus la voix de Boldeon, il imploroit mon fecours ; & de quelques frayeurs que je fuffe faifi, je ne pûs m'empêcher de courir vers l'endroit d'où partoient ces cris. Mon chien, comme s'il avoit démêlé mes vûes, marcha devant moi, & dans un moment je le vis prendre fa courfe avec vivacité. Je fuivis avec précipitation fes traces ; mais que devins-je, lorfqu'après avoir paffé un détour qui s'oppofoit à ma vûe, je vis Boldeon entre les bras d'un monftre femblable à celui dont je venois d'échapper, lequel fuyoit avec fa proye de toutes fes forces. Falbao le fuivoit ; mais l'homme - ver s'élançoit avec tant d'activité, qu'à peine étoit-il près de lui, qu'un bond l'en éloignoit de trente pas.

Dans cette crife affreufe je ne
pûs que les fuivre de loin : l'effroi que je voyois que caufoit
mon chien à tout ce qui s'of-
froit à fes yeux, redoubloit ma
confiance. Je courus environ
une heure ; & je commençois à
n'en pouvoir plus, quand une
caverne s'étant trouvéê fur le
paffage du monftre, il fe jetta
dedans. Falbao le fuivit ; & moi
defefpéré, & craignant de me
trouver encore feul dans un lieu
qui m'étoit devenu terrible depuis que je le fçavois habité par
de tels peuples, je les fuivis :
j'entrai dans une ouverture fpa-
cieufe, où la lumiere d'un bitume allumé éclairoit avec tant
d'éclat, qu'il étoit aifé de diftinguer jufqu'aux moindres objets. J'avançai en tremblant
dans ce lieu redoutable ; & je
n'eus pas fait foixante pas, que

le chemin se partagea en quatre. Mon embarras devint extrême; ils paroiſſoient tous op-
poſés; lequel prendre pour retrouver Falbao ? Il y en avoit
trois dans leſquels on pouvoit
ſe conduire à la lumiere du bitume ſerpentant dans les veines
du rocher ; mais le quatriéme
chemin étoit ſombre & obſcur,
& donnoit de l'horreur. J'étois
indécis ſur ce que je devois
faire, lorſque je vis arriver du
chemin du milieu , qui étoit
droit , un nombre prodigieux
de monſtres ſemblables à ceux
dont j'ai parlé. J'en fus ſaiſi à
un tel point, que mes jambes
tremblantes ne me laiſſerent
pas la force de fuir. En vain je
voulus me rappeller ; mes nerfs
refuſerent de m'obéir: pendant
ce temps toutes ces figures hi-
deuſes m'aborderent , & firent

un demi cercle près de moi, en pouſſant des nazonnemens horribles.

Après que ces monſtres eurent tenu une eſpece de conſeil, l'un d'eux me ſaiſit avec un bras vigoureux & robuſte ; je jettai des cris perçans, & je me debattis de toutes mes forces ; mais que pouvois-je contre des mains de fer & des géans. Celui qui m'avoit enlevé, me mit ſous un de ſes bras, & paſſa dans le chemin obſcur dont j'ai parlé. La force dont il me ſerroit, penſa m'ôter la connoiſſance : il s'en apperçut ; & craignant que je ne mouruſſe, il me prit par les pieds, & me porta de cette maniere. Une vingtaine de ſes ſemblables nous ſuivirent en bourdonnant continuellement. Après avoir marché une heure de cette façon,

qui me parut un siecle par rap-
port à la situation incommode
où j'étois, nous nous trouvâmes hors du rocher. J'avois été
si secoué par les bonds de l'a-
nimal monstrueux, que je per-
dis entierement connoissance ;
mais je ne fus pas long-tems
sans revenir de ma foiblesse,
par la façon nouvelle & dou-
loureuse dont l'on me porta ;
ce fut par les cheveux, & la
douleur que j'en ressentis me
fit bien-tôt donner des marques
que j'y étois sensible : ils nazon-
nerent de nouveau aux cris
perçans que je fis, & le résul-
tat fut de me porter par le col.
Quelque gênante que fût cette
nouvelle façon, je la trouvai
douce en comparaison des autres.

Après avoir fait une demie
karie de cette façon, un Edifi-

ce singulier se présenta à ma
vûe ; sa hauteur sembloit toucher le Ciel , que l'on voyoit
en cet endroit ; la base sur lequel il étoit construit me sembla quatre colomnes infor-
mes , d'un minéral inconnu ;
elles portoient le bâtiment ,
dont la porte étoit ronde & le
frontispice quarré , avec une
statue d'Homme-ver , dont la
queue étoit double & par plusieurs plis formoit l'entable-
ment ; le corps de l'Edifice alloit en s'élargissant , & le fond
sembloit être attaché à une
masse de rocher , dont la pierre
étoit fort brillante : un grand
nombre d'hommes-vers alloit
& venoit , ou , pour mieux dire , bondissoit sur la platefor-
me , d'autres se traînoient les
uns en descendant , les autres
en remontant sur la pente du

rocher qui aboutiffoit à la porte de l'Edifice , laquelle étoit
gardée par plufieurs de ces
monftres, qui étoient diftingués
des autres par une efpece de
mantelet fait de cette feuille
incarnate dont j'ai parlé plus
haut ; leur tête étoit couverte
d'une efpece de calote reffem-
blante affez à une citrouille
féche , ornée de plufieurs pierreries ; ils portoient à leur cein-
rure un (a) zenguis , dont la poi-
gnée étoit d'un métail brillant ;
& ils avoient la contenance
redoutable , & un certain air
qui infpiroit de l'horreur.

Lorfque nous fûmes au lieu
de l'Edifice, le monftre qui me
portoit fit un bond fi prodigieux , qu'il fe trouva à la porte, quoiqu'il y eût plus de dix
toifes de hauteur. Les gardes

(a) Poignard.

l'environnerent , dès qu'ils le
virent chargé de moi,& vinrent
les uns après les autres me paſſer
la main ſur le viſage. Après cette ridicule cérémonie qui m'en-
nuya beaucoup, nous nous trouvâmes à la porte d'une grande
ſalle , où étoit une centaine de
ces gardes rangés en haye, à
qui je parus cauſer de la ſurpriſe.
Alors celui qui me portoit, &
qui ſans doute ne pouvoit pas
aller plus loin , me remit au
premier de ces gardes, celui-
ci au ſecond qui le ſuivoit, cet
autre me donna à un troiſiéme,
& de cette façon on me fit
paſſer de main en main de cette grande ſalle dans pluſiéurs
autres, que je n'eus pas le temps
d'examiner, par la prodigieuſe
vîteſſe dont on le faiſoit Enfin
étant arrivé à une grande porte
ornée de tout ce que le centre

de la terre a de plus précieux ,
on me posa à terre, & tous ceux
qui étoient dans cette grande
salle s'approcherent & me regarderent avec toute l'attention dont ils étoient capables.
Un moment après la porte s'entr'ouvrit ; une tête dont la couleur du visage étoit jonquille ,
& qui me parut femme, se montra, le doigt sur la bouche. A
ce signe le bourdonnement ordinaire cessa , & le peuple parut immobile ; la porte se re-
ferma ensuite fort doucement.
Mais ce qui me frappa le plus
fort, c'est que j'entendis distinctement un japement semblable à celui de Falbao ; je prêtai
l'oreille , & l'interêt que j'y prenois ne me laissa pas douter
que ce ne fût celui de mon
chien fidele.

J'étois occupé de cette idée, lorsque la porte s'ouvrit avec une extrême violence : jamais un spectacle si curieux & si beau ne s'étoit offert à ma vûe : il y avoit quatre rangs de Femmes vers rangées en hâye, habillées galamment, & couvertes de pierreries : elles portoient à la main une espece de girandole à six branches, dans lesquelles étoient des morceaux de bois qui brûloient comme des bougies, & qui éclairoient cet appartement meublé de tout ce qu'on peut imaginer de plus admirable. C'étoit un quarré long, & dont le fond étoit à perte de vûe : il étoit terminé par un péristille de pierres transparentes, dont les arcs étoient fort élevés ; celui du milieu étoit couvert d'un dôme incrusté de plusieurs minéraux écla-

tans & précieux : dans le fond
de cet arc, qu'on peut appeller
de triomphe, étoit un fauteuil
fort élevé. La beauté d'une
femme qui y étoit affife réunit
toute mon attention, & m'ôta
la confidération des objets
brillans qui l'environnoient. Je
ne pùs parfaitement diftinguer
fes traits à caufe de l'éloigne-
ment, mais j'en fus émû, & elle
étcit d'une ftructure égale à la
la mienne ; de petites bandelettes de ces feuilles fembla-
bles à l'arbre dont j'ai parlé,
tournoient autour de fon
corps, de fes bras & de fes
jambes, & en faifoient connoître la perfection : elle a-
voit les cheveux du plus beau
noir du monde, une par-
tie lui flottoit fur fon fein &
fur fes épaules, & l'autre étoit
attachée par une éguille de

diamans , qui fans être taillés n'en étoient pas moins brillans. Je foupirai de me voir fi éloigné de cette charmante perfonne ; mais un cri perçant qui fortit du pied du Trône , me fit tourner les yeux avec empreffement de ce côté. Quelle fut ma joye! C'étoit Falbao, il m'avoit entrevû , & il jettoit des hurlemens affreux pour venir à moi ; mais attaché par le col , fes efforts étoient impuiffans , & il le témoignoit par fes cris douloureux.

J'étois dans cet endroit de l'hiftoire de Motacoa & de la mienne , Sinoüis me prêtoit une attention finguliere , lorfque je m'apperçus que la mer bouillonnoit , & que l'eau qui environnoit le navire s'élevoit en forme de colonne , & l'emportoit avec elle. Nous jettâmes des clameurs horribles au nouveau danger que nous courions, l'équipage en fut réveillé, & lorſqu'il en connut le ſujet, il les accompagna des lamentations les plus douloureuſes. La colonne & le vaiſſeau s'élevoient cependant de plus en plus, & en moins d'une heure, nous nous trouvâmes portés juſques dans les nues: ce coup d'œil étoit horrible, & nous croïons à tous momens que cette colonne ſe dérobant de deſſous le navire, il alloit ſe précipiter & nous abîmer tous. Il n'y avoit aucune manœuvre à faire que de nous abandonner à la providence. Nous montions toujours avec un bruit épouventable, & nous approchions inſenſiblement d'une région éclairée, qui nous donnoit une crainte légitime que ce ne fût celle du feu : nous reſſentions déja une chaleur tiéde, qui à meſure que nous avancions devenoit de plus en plus inſupportable. Déja nous diſtinguions les cercles de l'Univers; la Zone torride près de laquelle nous nous élevions, nous faiſoit reſſentir ſon aſpect incommode & brûlant; chacun fut ſe cacher à fond de cale, pour retarder au moins de quelques momens la fin de ſa vie: moi ſeul aigri par mes malheurs, & perſuadé que toute la prudence humaine ne peut rien contre les decrets éternels, je m'abandonnai à tous les évenemens. Déja le feu me dévoroit, j'allois être embraſé, lorſqu'un tourbillon fit tourner le vaiſſeau comme une pirouette, l'enleva de la colonne qui le ſoutenoit, & dans un clin d'œil lui fit parcourir un espace immense de l'Univers sur un nuage qui s'arrêta enfin sur la cime d'un grand arbre , & qui s'étant dissipé peu à peu , se déroba de dessous , & le laissa perché sur les branches. De là je découvris une terre inconnue & plusieurs grandes villes. L'arbre sur lequel nous étions étoit d'une hauteur extraordinaire. O ciel ! m'écriai-je , est-il possible que je ne sortirai jamais d'un péril sans retomber dans un autre ? Qu'allons-nous devenir ! Le moindre vent est capable de nous précipiter. Jusqu'à quand, ô Serapis , cesseras-tu de me poursuivre !

L'équipage ignorant ce qui venoit de se passer , & s'appercevant que le vaisseau étoit sans mouvement , hazarda de sortir. Quelle fut la surprise d'un chacun à la vûe de la situation extraordinaire où nous nous trouvions. On tint conseil sur ce qu'on avoit à faire dans cette périlleuse occasion. L'avis unanime fut de tâcher de descendre du vaisseau avec toutes les précautions imaginables, & de faire reconnoître auparavant s'il étoit solidement soutenu. Je fus nommé pour faire cette visite ; & après avoir examiné les choses, je trouvai que la pesanteur du navire s'étoit fait une place si assurée au milieu des fortes branches de l'arbre, qu'il n'y avoit rien à risquer de ce côté-là. Je rapportai cette bonne nouvelle au vaisseau ; l'on conclut qu'il en falloit descendre, & gagner la terre s'il étoit possible. Nous commencions à filer les cables que nous attachions au bout les uns des autres pour leur donner la longueur néceffaire , lorfqu'un vent impétueux, fuivi d'un orage affreux, agita avec tant de force l'arbre fur lequel nous étions , que nous croyions à chaque inftant voir précipiter le vaiffeau. Trois des nôtres qui voulurent amener les voiles dans lefquelles le vent s'engouffroit , furent précipités, & périrent fans doute malheureufement. Cet exemple rendit fage tous les autres ; & l'orage augmentant avec plus de violence, nous rentrâmes tous avec frayeur , & nous fûmes nous cacher dans les endroits les plus reculés du vaiffeau.

Fin de la premiere Partie.

APPROBATION.

J'Ai lû par ordre de Monseigneur le Garde des Sceaux un Manuscrit qui a pour titre : *Lamekis , ou les Voyages extraordinaires d'un Egyptien dans la Terre intérieure* ; & j'ai crû qu'on en pouvoit permettre l'impression. A Paris le 15 Septembre 1735.

MAUNOIR.

PRIVILEGE DU ROY.

LOUIS par la grace de Dieu Roy de France & de Navarre, à nos amez & feaux Conseillers les Gens tenans nos Cours de Parlemens, Maîtres des Requêtes ordinaires de notre Hôtel , Grand Conseil, Prevôt de Paris, Baillifs, Sénéchaux, leurs Lieutenans Civils & autres nos Justiciers qu'il appartiendra , SALUT. Notre bien amé LOUIS DUPUIS , Libraire à Paris , Nous ayant fait supplier de lui accorder nos Lettres de permission pour l'impression d'un Livre intitulé: *Lamekis , ou les Voyages extraordinaires d'un Egyptien dans la Terre intérieure , par M. le Chev. de Mouhy ,* offrant pour cet effet de le faire imprimer en bon papier & beaux caracteres, suivant la feuille imprimée & attachée pour modele sous le contre-scel des Présentes; Nous lui avons permis & permettrons par ces Présentes, de faire imprimer ledit Livre cy-dessus spécifié, en un ou plusieurs volumes, conjointement ou séparément, & autant de fois que bon lui semblera, & de le vendre, faire vendre & débiter par tout notre Royaume pendant le tems de trois années consecutives, à compter du jour de la date des Présentes: Faisons défenses à tous Libraires, Imprimeurs & autres personnes de quelque qualité & condition qu'elles soient, d'en introduire d'impression étrangere dans aucun lieu de notre obéissance; à la charge que ces Présentes seront enregistrées tout au long sur le Registre de la Communauté des Libraires & Imprimeurs de Paris dans trois mois de la date d'icelles; que l'impression de ce Livre sera faite dans notre Royaume & non ailleurs, & que l'Impétrant se conformera en tout aux Reglemens de la Librairie, & notamment à celui du dix Avril 1725. & qu'avant que de l'exposer en vente, le Manuscrit ou Imprimé qui aura servi de copie à l'impression dudit Livre, sera remis dans le même état où l'Approbation y aura été donnée, ès mains de notre très-cher & feal Chevalier Garde des Sceaux de France le Sieur Chauvelin; & qu'il en sera ensuite remis deux Exemplaires dans notre Bibliotheque publique, un dans celle de notre Château du Louvre, & un dans celle de notre très-cher & feal Chevalier Garde des Sceaux de France le Sieur Chauvelin ; Le tout à peine de nullité des Présentes : Du contenu de quelles vous mandons & enjoignons de faire jouir l'Exposant ou ses ayans cause pleinement & paisiblement, sans souffrir qu'il leur soit fait aucun trouble ou empêchement. Voulons qu'à la copie desdites Présentes, qui sera imprimée tout au long au commencement ou à la fin dudit Livre, foi soit ajoutée comme à l'original. Commandons au premier notre Huissier ou Sergent de faire pour l'exécution d'icelles tous actes requis & nécessaires, sans demander autre permission & nonobstant clameur de Haro, Charte Normande & Lettres à ce contraires ; Car tel est notre plaisir. Donné à Versailles le dixième jour de Novembre l'an de grace mil sept cent trente-cinq, & de notre Regne le vingtième. Par le Roy en son Conseil.

SAINSON.

Registré sur le Registre X. de la Chambre Royale & Syndicale des Libraires & Imprimeurs de Paris, N. 195. fol. 183. conformément aux anciens Réglemens, confirmez par celui du 28 Février 1723. A Paris ce 11 Novembre 1735.

G. MARTIN, Syndic.